問津文庫

津沽名家詩文叢刊第八種
主編　王振良

石雪齋詩稿

附遂園印稿

徐宗浩　原著
張金聲　整理

天津出版傳媒集團
天津古籍出版社

圖書在版編目(CIP)數據

石雪齋詩稿 / 徐宗浩原著 ; 張金聲整理. -- 天津 : 天津古籍出版社, 2017.12

(津沽名家詩文叢刊 / 王振良主編)

ISBN 978-7-5528-0592-5

Ⅰ. ①石… Ⅱ. ①徐… ②張… Ⅲ. ①詩集—中國—近代 Ⅳ. ①I222.75

中國版本圖書館 CIP 數據核字(2017)第 294602 號

石雪齋詩稿

徐宗浩原著　張金聲整理

出版人/ 張瑋

*

天津古籍出版社出版

(天津市西康路 35 號　郵政編碼:300051)

http:// www.tjabc.net

天津浩林彩色印刷有限公司印刷

全國新華書店發行

開本 880×1230 毫米　1/32　印張 11.5　字數 100 千字

2017 年 12 月第 1 版　2017 年 12 月第 1 次印刷

ISBN 978-7-5528-0592-5

定　價: 68.00 圓

《石雪齋詩稿》封面

石雪齋詩稿

丙寅夏六月

成多祿署

《石雪齋詩稿》扉頁

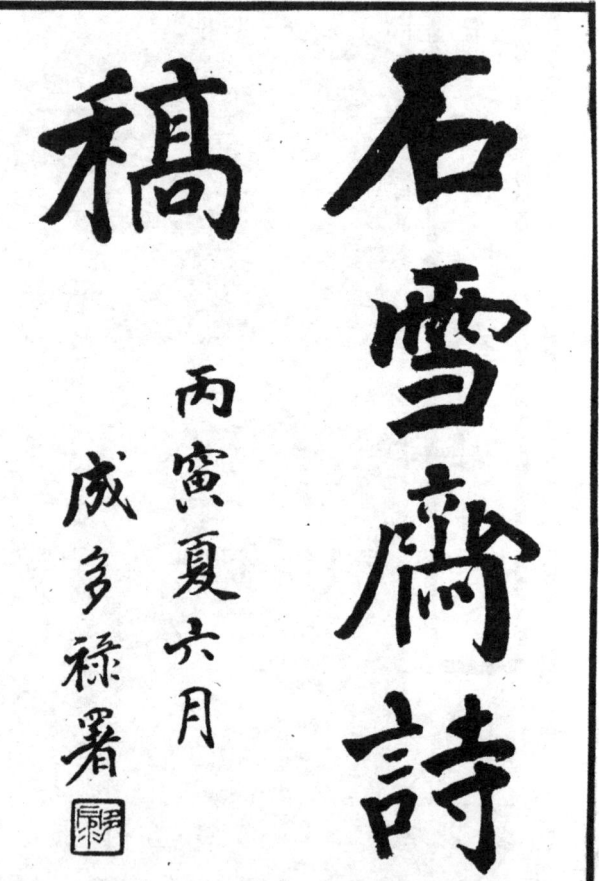

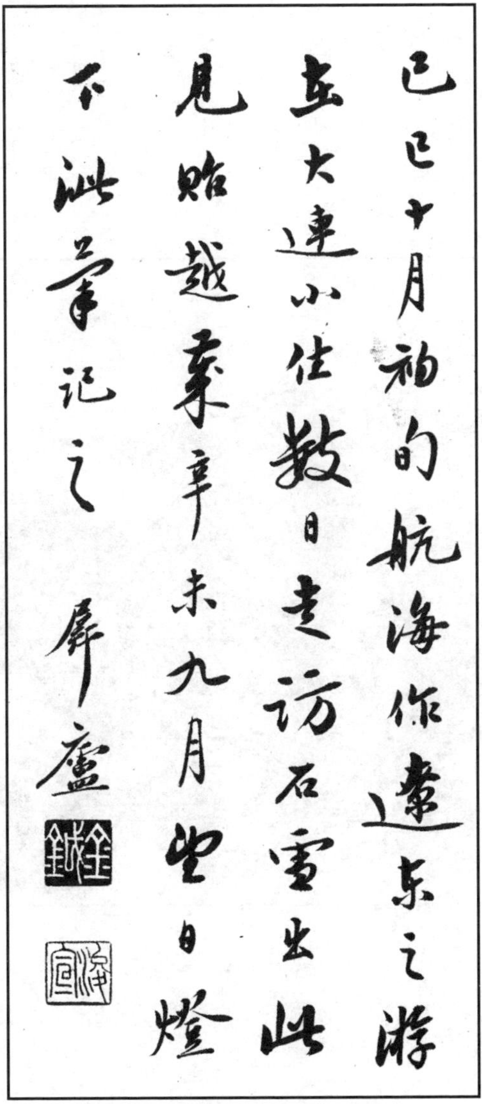

《石雪齋詩稿》金鉞題記

湯滌繪《石雪齋圖》

俞滌煩繪《石雪居士四十有六歲小像》

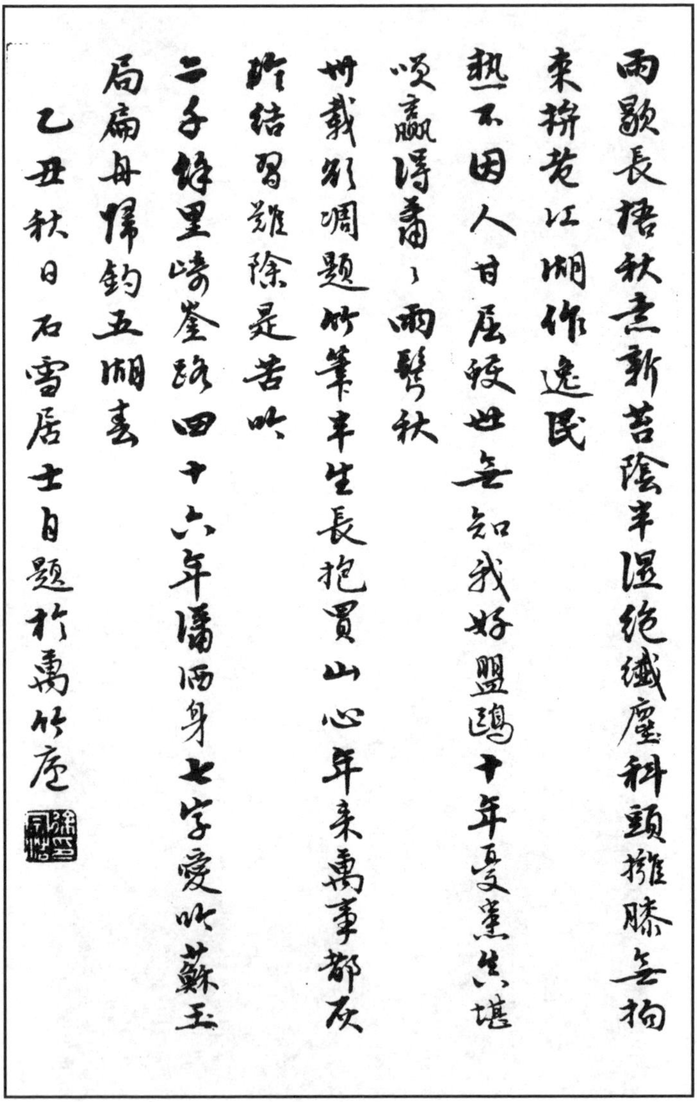
雨歇長堤秋意新苔陰半濕絕纖塵科頭擁膝無拘
束獨寄江湖作逸民
熱不因人甘屈膝世無知我好盟鷗十年憂患生堪
嘆贏得蕭蕭兩鬢秋
卅載彫蟲題竹筆半生長抱買山心年來萬事都灰
盡結習難除是苦吟
二千餘里崎嶇路四十六年瀟洒身七字愛吟蘇玉
局扁舟歸釣五湖春
乙丑秋日石雪居士自題於萬竹廬

《石雪齋詩稿》自題詩

序

丁巳初到杭州作西湖之游蔡谷清謂余曰子來幾日矣想扁舟一棹徜徉於港魚潭月之間子幽靜之士也賞心悅目其在南山之南九溪十八澗乎子一至其處當知曲院之荷蘇堤之柳遠遜於理安之楠雲棲之竹也谷清今往矣其說西湖即可爲談詩論畫作一有形之規範也吾友徐石雪工詩善畫純取高情遠致所謂不俗不怪不腴不枯別有天然秀氣當求之於古人庶可得其彷彿焉近編石雪齋詩稿大都經余點定諷誦一過恍然游於大虛松風水月不復知在塵世間也曉天雲氣重疊鋪滿仰首視之有若山者有若水者有若原野者有若亭榭者有若鳥獸蟲魚者有若花木竹石者因心而起觸境而成惟心之靜且細者乃能領畧之想象之作詩作畫何以異於此哉吾願與吾石雪相契無言覺無聲之詩有聲之畫既益於無窮吾兩人自有躊躇滿志者矣丙寅三月六十三拙老人王守恂譔

芾比於津上道中得句云慚愧追鋒車疾轉不嬰塵網果何人蓋自傷尙爲世所羈而殊不逮吾友徐君養吾也芾嘗私謂士生斯世能自適其志不爲時所繫牽雖巖

《石雪齋詩稿》序言首頁

題詞

武進呂光辰緒承

漫話十年飄泊恨細吟一卷性情詩頻逢離亂思歸隱誤盡聰明欲買癡三泖蒓鱸千里夢一船書畫五湖思鄭虔才筆陽冰腕從此天涯說項斯

陽湖錢振鍠夢鯨

知音半淪沒方覺存者貴誰料一別來日移山岳毀詩句近彌少畫意進更銳惟有昔年盛興致不可再憶昨吾輩中呂大才益邁今日握手時呂大棺已蓋惟君重其詩爲之謀千秋黃金買梨棗高義誰與儔呂大昔在京豈不善交遊至今相識者早自付悠悠口頗尙不及於心更何有始知君子交金石同其久

旌德呂陶篙漁

羊頭羊胃長安市一壑一邱謝氏家孀與時流別涇渭獨携孤抱寫煙霞斯人已足回風氣此卷當能壽歲華自古南州有高士芒鞵悔著遍天涯

陽湖唐鼎元玉虬

《石雪齋詩稿》題詞首頁

自序

余十歲時即酷嗜吟咏弗能工也及長又嗜畫或因畫得詩或因詩得畫自亦不知是詩是畫也今忽忽四十年集稿數千首矣就正於仁安先生先生以爲幽懷泠抱孤芳自賞必傳無疑夫人立天地間藉以傳不朽者自有事在區區文字何爲哉然詩言志不言誰知其志者文字雖微亦足以見其性情爰擇夙所自憙者如干首災諸梨棗散之友朋以當情話荀卿之言曰非我而當者吾師也是我而當者吾友也此所望於師友者也否則覆瓿覆甕弗之問也丙寅六月石雪居士徐宗浩識

《石雪齋詩稿》自序

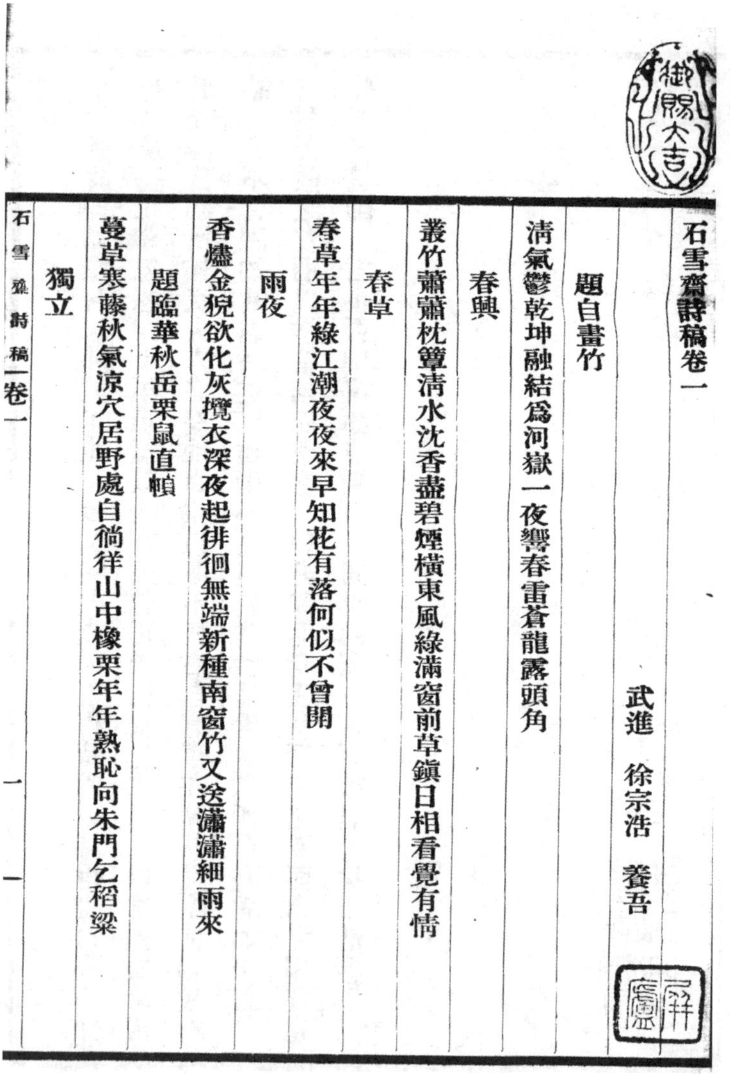

石雪齋詩稿卷一

武進　徐宗浩　養吾

題自畫竹

清氣鬱乾坤融結爲河嶽一夜響春雷蒼龍露頭角

春興

叢竹蕭蕭枕簟清水沈香盡碧煙橫東風綠滿窗前草鎮日相看覺有情

春草

春草年年綠江潮夜夜來早知花有落何似不曾開

雨夜

香爐金猊欲化灰攬衣深夜起徘徊無端新種南窗竹又送瀟瀟細雨來

題臨華秋岳栗鼠直幀

蔓草寒藤秋氣涼穴居野處自徜徉山中橡栗年年熟恥向朱門乞稻粱

獨立

石雪齋詩稿　卷一　一

《石雪齋詩稿》正文首頁

津沽名家詩文叢刊總序

李劍國

國人素重鄉邦文獻，方志多立《藝文志》，著録本地述作。至有薈萃前賢文集撰著，郡邑叢書作焉。明人海鹽樊維城纂輯《鹽邑志林》，開啓風氣，而清世民國爲盛，若《畿輔叢書》《吴興叢書》《武林掌故叢編》《貴池先哲遺書》等，多達七八十種。郡邑書之纂，刘世珩《貴池先哲遺書序目》嘗云：「所以景仰前賢，嘉惠後學，乃士大夫鄉里所應爲之事也。」昔元代婺州蘭溪人編《敬鄉録》十四卷，録其鄉賢詩文。而民國永嘉黃羣輯鄉賢著作，亦以《敬鄉樓叢書》爲名。「敬鄉」者，本《詩經·小雅·小弁》：「維桑與梓，必恭敬止。」郡邑之編，皆以見本鄉人傑地靈，文物之盛，寄託桑梓之情也。

較之古邑名都，天津建邑未久，明永樂二年始置天津衛，於今方六百餘年。雍正三年陞衛爲州，九年復陞爲府，轄六縣一州。逮乎清季，直隸總督駐於津城，李鴻章、袁世凱相繼於此興辦洋務。光緒二十六年，天津陷於八國聯軍，淪爲列强租界。自此九河下梢之地，乃成百里洋場之都，天府津渡，工商重鎮，達官遺老蟻聚，騷人墨客麕集，物華之繁，超乎往昔矣。

《天津志略・文藝》云：「天津雖爲通都大埠，民風稍涉奢華，但澹泊致遠之士仍守本樸，鄙物質之享樂，而致力於藝術之陶冶，而度其『富貴如不可求，從吾所欲』之生活。以言著作，則歷代之文存詩稿，多如恒河沙數……今日爭以奢侈相炫，食多珍饈，衣錦晝行，惟三津尚發越前光，綿綿不墜，實晚近不數覯之邦矣。」津人藝文之作，《天津縣新志》著録明清二百七十七人、五百三十種。《天津志略》復益三十六人、七十二種。金大本《津人著述存目》，乃增至四百人，著述近千。今人高洪鈞氏編著《天津藝文志》，又增入天津所轄郊縣鄉人著作，凡得著作千五百種左右，作者六百餘人。此中大部爲清世民國人，三百年之文質彬彬，洵爲大觀也。

今存津人詩文别集，以康熙間刻龍震《玉紅草堂集》爲早，此後所存者甚衆，惜乎單部零種，未及彙編，管中一斑，難窺全豹。方今各地學人，頗重本土文獻之整理研究，地方出版社亦引爲己任。吾津文事繁充，撰作衆多，自應不愧前賢，免落後塵。所幸者王振良君與問津書院同儕，正著手編輯《津沽名家詩文叢刊》，蒐集整理王熿、查爲仁、梅成棟、楊光儀、嚴修、王守恂、華世奎、章鈺、郭則澐、李金藻、蘇星橋、陳誦洛等津人詩文集，將陸續出版，以彰顯津門藝文之盛。振良本吉林人，受業於南開，從事於報社。久居津城，認作故鄉，舊事新聞，諳熟於心。與同氣編輯《天津記憶》《品報》《問津》，十數年孜孜矻矻，鍥而不捨，世所难能，其志可嘉。而津沽名家詩文之刊，尤爲盛舉，誠儒林雅事，津門之幸也。

余生山右，讀書教學於南開已四十餘年，然居於斯而昧於斯，話及津事，每茫茫然。幸振良常臨陋室，聆其高論，閲其文編，津門數百年之事，遂知一二。前時振良索序，以弁叢刊之首。今稽考文獻，粗陳陋見，庶免「夏蟲語冰」之譏爾。

甲午歲清明後一日草於釣雪齋

（李劍國，南開大學文學院教授、博士生導師）

李金藻、蘇星橋、陳誦洛等津人詩文集，將陸續出版，以彰顯津門藝文之盛。振良本吉林人，受業於南開，從事於報社。久居津城，認作故鄉，舊事新聞，諳熟於心。與同氣編輯《天津記憶》《品報》《問津》，十數年孜孜矻矻，鍥而不捨，世所難能，其志可嘉。而津沽名家詩文之刊，尤爲盛舉，誠儒林雅事，津門之幸也。

余生山右，讀書教學於南開已四十餘年，然居於斯而昧於斯，話及津事，每茫茫然。幸振良常臨陋室，聆其高論，閲其文編，津門數百年之事，遂知一二。前時振良索序，以弁叢刊之首。今稽考文獻，粗陳陋見，庶免「夏蟲語冰」之譏爾。

甲午歲清明後一日草於釣雪齋

（李劍國，南開大學文學院教授、博士生導師）

鈔胥之言

《石雪齋詩稿》四卷一冊，江蘇武進徐宗浩撰。一九二六年梓行。書闊五寸又半，高九寸，半葉十三行，行三十二字，小字雙行字數同，計五十九葉。嚴修題簽，成多禄題耑，王仁安、趙芾作序，吕光辰、錢振鍠諸家題詞。湯滌繪《石雪齋圖》、俞滌煩繪《石雪居士四十有六歲小像》、自書《吳興俞滌煩爲寫四十六歲桐陰抱膝圖小照漫題四絕》，珂羅版各一幅。

徐宗浩（一八八〇—一九五七），字養吾，號石雪、石雪居士。室名石雪齋，祖籍江蘇武進，生于北京。其曾祖父作宰北京通州，故久居通州。徐氏精書畫篆刻，名噪京津。喜吟咏，富收藏。曾任中國畫學研究會副會長。著有《墨竹述要》一册、《畫竹人傳》十二卷、《遂圖印稿》四卷等。

徐氏早年槖筆津門，並入城南詩社，與沽上耆宿多有交往，且唱和不輟。嚴範孫、趙幼梅、王仁安諸老於徐氏亟激賞之。嚴範孫稱「其才誌與境地，近人殆罕與儷者」。王仁安讀《石雪齋詩稿》如「恍然游於太虛，松風水月，不復知在塵世間也」。《石雪齋詩稿》梓行後，徐氏移居大連。「九一八事變」后，徐氏返回北京，寓居琉璃廠太平巷，一九五二年被聘爲中央文史館館員。歿后，家屬遵其囑，將其所藏悉數捐公。

是書扉頁有金屏廬題記，知爲徐氏於大連贈予金氏。紅羊劫運，金氏藏書皆悉散失。后爲大連翼廬孫海鵬先生得於都門海王村中國書店。是書徐氏贈金氏於大連，天緣湊泊，越數年爲大連孫氏庋藏，天下之事，信由因緣。

甲午初夏，余與王振良先生語及抄録此書。振良先生拍掌稱之。遂函商翼廬孫海鵬先生，蒙其俯允，並將《石雪齋詩稿》未録詩，一並寄來。暑中盡數日之功録副。書末，附有《勘誤表》。抄寫之際，依表改訂正文。鈔胥之筆，抄字斷句，必有乖謬。還望方家教正。

甲午三伏　仲遠張金聲謹記於生沽上春紅軒

鈔胥之言

《石雪齋詩稿》四卷一冊，江蘇武進徐宗浩撰。一九二六年梓行。書闊五寸又半，高九寸，半葉十三行，行三十二字，小字雙行字數同，計五十九葉。嚴修題簽，成多禄題耑，王仁安、趙芾作序，吕光辰、錢振鍠諸家題詞。湯滌繪《石雪齋圖》、俞滌煩繪《石雪居士四十有六歲小像》、自書《吳興俞滌煩爲寫四十六歲桐陰抱膝圖小照漫題四絕》，珂羅版各一幅。

徐宗浩（一八八〇—一九五七），字養吾，號石雪、石雪居士。室名石雪齋，祖籍江蘇武進，生于北京。其曾祖父作宰北京通州，故久居通州。徐氏精書畫篆刻，名噪京津。喜吟咏，富收藏。曾任中國畫學研究會副會長。著有《墨竹述要》一冊、《畫竹人傳》十二卷、《遂圖印稿》四卷等。

徐氏早年櫜筆津門，並入城南詩社，與沽上耆宿多有交往，且唱和不輟。嚴範孫、趙幼梅、王仁安諸老於徐氏亟激賞之。嚴範孫稱「其才誌與境地，近人殆罕與儷者」。王仁安讀《石雪齋詩稿》如「恍然游於太虛，松風水月，不復知在塵世間也」。《石雪齋詩稿》梓行後，徐氏移居大連。「九一八事變」后，徐氏返回北京，寓居琉璃廠太平巷，一九五二年被聘爲中央文史館館員。歿后，家屬遵其囑，將其所藏悉數捐公。

是書扉頁有金屏廬題記，知爲徐氏於大連贈予金氏。紅羊劫運，金氏藏書皆悉散失。后爲大連翼廬孫海鵬先生得於都門海王村中國書店。是書徐氏贈金氏於大連，天緣湊泊，越數年爲大連孫氏庋藏，天下之事，信由因緣。

甲午初夏，余與王振良先生語及抄録此書。振良先生拍掌稱之。遂函商翼廬孫海鵬先生，蒙其俯允，並將《石雪齋詩稿》未録詩，一並寄來。暑中盡數日之功録副。書末，附有《勘誤表》。抄寫之際，依表改訂正文。

鈔胥之筆，抄字斷句，必有乖謬。還望方家教正。

甲午三伏　仲遠張金聲謹記於生沽上春紅軒

目録

序／王守恂……〇〇一
序／趙芾……〇〇二
題詞
呂光辰……〇〇三
錢振鍠……〇〇三
呂　陶……〇〇四
唐鼎元……〇〇四
成多禄……〇〇四
李雲慶……〇〇五
自序／徐宗浩……〇〇六
石雪齋詩稿卷一
題自畫竹……〇〇三
春興……〇〇三
春草……〇〇三
雨夜……〇〇三
題臨華秋岳栗鼠直幀……〇〇四
獨立……〇〇四
野望……〇〇四
遣懷……〇〇四
舟夜聞笛……〇〇五
泛舟……〇〇五
秋水……〇〇五
春曉……〇〇六
溪行書所見……〇〇六
幽居……〇〇六

幾日……〇〇七
放舟……〇〇七
小隱……〇〇七
樊村道中……〇〇七
避亂楊莊作……〇〇八
過燕郊……〇〇八
寄譚君梅先生……〇〇八
漢高祖……〇〇九
韓信……〇〇九
班超……〇〇九
謝安……〇一〇
陶淵明……〇一〇
韓世忠……〇一〇
古鏡……〇一一
午眠……〇一一
寶劍……〇一一
新蟬……〇一一
登文昌閣遺址……〇一二
過井陘……〇一二
壽陽道中……〇一二
宿梁氏園同龐乙藜孝廉映青作……〇一三
憶家……〇一三
威州早發用殷效蘇孝廉軾見贈韻……〇一三
渡滹沱河……〇一四
歸來……〇一四
寄陳寅菴長三兼懷梁禹珊胡世五龐雨梅王文伯……〇一四
散步城東登文昌閣遠眺……〇一五

黃亭題壁用潘子寅丈韻 …… 〇一五
中秋雙橋道中 …… 〇一五
秋日雜興 …… 〇一六
重陽前一日登望河台同褚采丞進士煥祖作 …… 〇一六
秋晚 …… 〇一六
桑乾河署即事 …… 〇一七
再過黃亭題壁用毛紡山韻 …… 〇一七
秋夜有懷田介眉開壽吳石舟寰 …… 〇一七
適意 …… 〇一八
林亭即事 …… 〇一八
宮詞 …… 〇一八
偶成寄褚采丞明府龍泉 …… 〇一八
俯仰 …… 〇一九
晨起 …… 〇一九
溪上漫成 …… 〇一九
垂釣 …… 〇二〇
感賦 …… 〇二〇
題松雪翁與進之手劄二首 …… 〇二〇
雨夜與內子閒話 …… 〇二一
題蔣德華滇南策馬圖二首 …… 〇二一
和徐蓮士太守承熊溪亭韻 …… 〇二一
觀張簡盦侍郎所藏趙文敏雙松卷子 …… 〇二二
寄懷錢夢鯨先生 …… 〇二二
吕緒承評余詩訖賦謝一絕 …… 〇二二
題畫與四弟季雲 …… 〇二二
雨中春望 …… 〇二三
柬雨農樾枰 …… 〇二三

送羅二輯五鍾瑞歸里……………………………………………〇二三
殘菊畫與瘦公……………………………………………〇二三
病起作……………………………………………〇二四
雜感……………………………………………〇二四
齷齪……………………………………………〇二四
題胡寅谷丈贊采息園圖……………………………………………〇二五
前詩意有未盡再成一首……………………………………………〇二五
送雲皆師還里……………………………………………〇二六
謁王劭農先生振聲……………………………………………〇二六
畫竹贈李容之時牧滄州……………………………………………〇二六
題畫與邢履仁錫麟……………………………………………〇二六
何詩孫丈維樸爲寫遂園圖
卷喜題二律……………………………………………〇二七
寄四弟季雲……………………………………………〇二七
白葭數約至湖上久未果行
賦此答之……………………………………………〇二八
送劭農先生梅花……………………………………………〇二八
題謝蕙庭陽畫芙蓉便面……………………………………………〇二八
看山……………………………………………〇二八
小金台……………………………………………〇二九
勤儉示子靖……………………………………………〇二九
永清道中……………………………………………〇二九
對月……………………………………………〇三〇
謁墓……………………………………………〇三〇
路城橋即景……………………………………………〇三一
歸舟……………………………………………〇三一
舟夜用王紫翰丈覲宸韻……………………………………………〇三一
閒居用錢紱書先生錫麟韻……………………………………………〇三二
題自臨柯丹丘吳仲圭墨竹冊
二首……………………………………………〇三二

風塵……○三三
塞上圖……○三三
題畫……○三三
畫蘭……○三三
觀李響泉所藏王劭老白描
　芭蕉立幅……○三四
古木竹石爲林叟畏廬作……○三四
爲李思永戶部慎脩畫扇題……○三四
夜坐……○三四
題板橋居士蘭竹……○三五
散步至恒園……○三五
早起……○三五
苦雨……○三六
題內子所藏惲清於茭湖隱
　居圖卷二首……○三六
近得文石室蘇雪堂墨竹二
　軸賦長句誌之……○三六
題畫竹用東坡送與可出守
　陵州韻……○三七
哭俠迦……○三七
志山窗所見……○三八
題畫寄徐怡齋秉書……○三八
登樓……○三八
畫蘭……○三九

石雪齋詩稿卷二

畫柏……○四三
題湘君圖……○四三
記遊……○四三
秋日同閻志生遊頤和園作……○四三

劭老爲寫羅浮清夢圖卷子賦
　謝二絕……〇四四
題畫寄繆筱珊丈荃孫……〇四四
書扇呈劭老……〇四四
葦村書興……〇四五
泛舟……〇四五
隨孫慕韓趙劍秋兩先生游
　岳麓山慧光寺訪李邕所
　書碑……〇四五
旅夜遣懷用薇老韻……〇四六
題畫與信初……〇四六
劭農先生以新正有感詩見示
　次韻奉和……〇四六
塞上作……〇四七
劭農先生出示自寫小照因讀
　先大父所題詩賦呈四絕用
　志欣幸……〇四七
葦村閒居……〇四七
獨坐……〇四八
劭農先生出示書畫徵花詩奉
　和……〇四八
故關道中……〇四八
過太谷趙鐵山吏部昌燮招飲
　停雲山館即席賦……〇四九
贈趙漁山昌願……〇四九
贈史卓如……〇四九
次卓如韻兼寄鐵山……〇五〇
題劭農先生意拓園圖……〇五〇
劭農先生畫贈白描芭蕉立幅
　喜賦二絕……〇五〇

姜潁生筠爲寫吉安室園漫題長句 …… 〇五一
題畫蘭與賓甫 …… 〇五一
戊午除夕和吕篙漁陶韻 …… 〇五一
附原作 …… 〇五二
自喜 …… 〇五二
西溪草堂作 …… 〇五二
殘菊 …… 〇五三
題畫與邠野 …… 〇五三
竹枝行畫與陳師曾衡恪 …… 〇五三
題畫松竹與張季易惟驤 …… 〇五三
霜枝鴝鵒 …… 〇五四
漫興寄張磊園 …… 〇五四
秋山蕭寺 …… 〇五四
項蔚如丈文彦爲寫松泉圖軸
漫題一絕 …… 〇五五
題畫 …… 〇五五
題畫 …… 〇五五
題梅與胡詩廬朝梁 …… 〇五六
竹枝雙燕畫與王菉蓀 …… 〇五六
槐陰幽鳥爲王養之作 …… 〇五六
題畫 …… 〇五六
新篁幽鳥 …… 〇五七
畫雞與蔭公 …… 〇五七
有懷何叔衡琿春兼寄仲衡 …… 〇五七
病餘寄季雲四弟 …… 〇五八
太平巷新居四首 …… 〇五八
題畫竹並跋 …… 〇五九
寄唐企林肯霸縣 …… 〇五九
聽秋聲館兀坐 …… 〇六〇

題畫竹與延子澄學士……〇六〇
論竹絕句三十二首並序……〇六〇
憶紅梅閣竹畫與夢鯨先生……〇七二
藤花下作即畫與邱壽丞……〇七二
聽雨樓曉起作……〇七二
劭農海珊兩翁招同金叟筱山王叟鐵珊郝叟雲樵暨馮伯玗李潤田集東安酒樓……〇七三
四十初度作……〇七三
與北樓龍樵合作古木寒鴉……〇七三
讀張仲治集戲題……〇七四
題畫寄王希哲光烈……〇七四
畫松梅寄熊季貞……〇七四
庚申元夕對月作……〇七四
觀沈述唐所藏王劭老畫墨花扇口占一絕……〇七五
秋夜不寐……〇七五
周養菴招飲其西山園林鹿巖精舍……〇七五
辛酉八月十四日望月作……〇七六
中秋夕雨用前韻……〇七六
題九歌圖……〇七六
題俞滌煩明蓮塘晚泊圖……〇七七
微雨復晴坐聽雨樓作……〇七七
題道與上人所藏戴醕士龍泉檢書圖卷子……〇七七
題畫竹贈劍秋先生……〇七七
出門……〇七八
聞雁……〇七八
自責……〇七八

黃山遯叟詩畫方之新羅山人何多讓焉近有以千金致秋岳兩卷者世俗好奇真知難得悵然賦此 …… 〇七九
程魚門太史曾寓火神廟夾道今名太平巷其移居詩云勢家歇馬評珍玩冷客攤錢得故書余新居即其故址 …… 〇七九
重游周退翁壽安山別業 …… 〇七九
題蜂猴竹枝 …… 〇八〇
題松雪翁與中峰和上十一札後二首 …… 〇八〇
爲浣華題秋宵訪桂圖便面 …… 〇八一
思歸 …… 〇八一
蟬 …… 〇八一
辛酉重陽天安門道中作 …… 〇八一
凌雲仙館偶題並序 …… 〇八二
坐月 …… 〇八二
落花 …… 〇八二
乞王劭經畫荷柳 …… 〇八三
獨坐 …… 〇八三
偶見壁間煮石山人畫竹 …… 〇八三
題令茀墨花冊 …… 〇八三
題畫與寄觀 …… 〇八四
題畫寄劉笠僧 …… 〇八四
題畫扇寄吉六 …… 〇八四
題滌煩臨錢玉潭嬰戲圖 …… 〇八四
題穎淑清溪釣艇圖 …… 〇八五
自寫細竹便面 …… 〇八五
題俞滌煩車紈扇士女 …… 〇八五

海燕……〇八六
竹枝幽鳥爲吳叟雁客作……〇八六
題畫……〇八六
再題清溪釣艇三首用漁洋題查夏重蘆塘放鴨圖韻……〇八七
滌煩爲寫清溪漁隱圖便面漫題三絕仍用漁洋韻……〇八七

石雪齋詩稿卷三

遂園即事寄四弟長春……〇九一
題衡亮生所藏松雪翁與夫人仲姬仲子雍合作竹枝卷子二首……〇九一
自題畫扇……〇九一
題畫十二首……〇九二
書華譚傳後……〇九三
題唐林藻深慰帖二首並序……〇九三
題李狷厓紫泥菴補印人傳……〇九四
踈散……〇九五
梅……〇九五
聞笛……〇九五
題畫……〇九五
題畫竹與雪菴上人……〇九六
題李易安看竹圖小像並序……〇九六
題李易安遺像並序……〇九七
題李易安遺像並序……〇九七
題李易安畫像　天津王守恂仁安……〇九九
題李易安看竹圖　天津王守恂仁安……一〇〇

題吳待秋澂爲畫林亭圖
墨合面倩張壽丞刻之……一〇〇
畫竹……一〇〇
通州雜詩二十四首……一〇一
近作通州雜詩廿四首小學校
生多能成誦喜而賦此……一〇九
題畫與朱翁芷青……一〇九
橫琴圖……一〇九
畫菊與李靜侯……一〇九
甘谷圖爲王仁安先生作并跋……一一〇
八里台歸舟記景……一一〇
爲饒苾僧画扇題……一一〇
畫竹泉圖贈鄭韶九維夔……一一一
秋景爲黎重光作……一一一
雨夜……一一一
次趙生翁和沈次量韻……一一一
題柳枝鳴蟬……一一二
宋鐵梅翁小濂以詩徵畫鈎勒
竹益以梅花一枝依韻題寄……一一二
人生如此自可樂四首……一一二
過成澹堪先生多祿城西園林……一一三
同子通緯齋臺孫寱广占侯八
里台泛舟二首……一一三
題畫竹潤例後……一一四
題畫鷓鴣……一一四
題酒盃詩卷圖贈趙幼梅先生……一一四
次李我生見寄韻……一一四
題畫寄趙鐵山……一一五
蒙齋圖爲趙生甫先生芾作……一一五
擁被……一一六

爲成澹翁刻舊雨二字印并寫舊雨軒圖……一一六
和張玉裁同書見寄韻題訪墓避亂兩圖……一一六
菊潭圖寄贈周芷佩明珂……一一七
寄趟鐵山兼送羅輯五還里……一一七
送張效彬總領事瑋赴伊爾庫次克……一一八
感事……一一八
畫城南詩社圖成賦呈範老仁老……一一九
次韻酬沈次量……一一九
示子靖……一一九
畫柏……一二〇
鸜鵒……一二〇
晚晴書所見即以題畫……一二〇
題畫……一二〇
魚鳥……一二一
效板橋體題畫蘭竹與嚴臺孫侗……一二一
感事有作……一二一
芙蓉宿鷺……一二一
乙丑重陽與幼梅問田緯齋子通誦洛玉裁壽人小集琴襄廎齋分韻得日字即題餞秋圖……一二二
九日旅感……一二二
不寐……一二三
小雙寂菴校書圖爲張季易作……一二三
題畫鷹……一二三

題城南詩社圖……一二四
題舊作菊石……一二四
覽鏡圖……一二四
題畫雉並序……一二五
題陳誦洛中嶽懷人詩後……一二五
寄徐行可恕武昌……一二六
野望寄季弟……一二六
次韻答玉虬……一二六
題俞滌煩畫女士四首……一二七
題春林雙燕圖送馮問田文洵
出宰滿城……一二七
自遣……一二七
題畫竹送王春埜主事紹和赴
赤塔領事……一二八
題華秋岳畫扇……一二八
題松下停琴圖……一二八
題芙蓉直幀……一二九
題滌煩畫士女……一二九
題畫……一二九
題畫與周志俊……一三〇
題所臨夏仲昭淇澳清風卷子……一三〇
村行即景……一三〇
題項蔚如丈文彦聽松圖……一三一
題絲瓜枯竹立幅……一三一
松石圖……一三一
題滌煩梅花士女……一三一
題懸崖梅花寄黄賓虹……一三二
對竹……一三二
題畫……一三二
畫松……一三三

題畫 …… 一三三

石雪齋詩稿卷四

題畫竹呈周輯之先生 …… 一三七
獨坐 …… 一三七
題畫寄奉範孫先生 …… 一三七
泛舟 …… 一三七
武清道中 …… 一三八
題竹溪草堂圖奉寄仁安師 …… 一三八
秋夜有懷笠僧翁 …… 一三八
荷鴒圖 …… 一三九
爲言仲遠先生敦源畫扇題 …… 一三九
古意 …… 一三九
閉門 …… 一四〇
吳興俞滌煩爲寫四十六歲桐陰抱膝圖小照漫題四絕 …… 一四〇
題畫 …… 一四〇
題畫竹卷 …… 一四一
題柳陰垂釣圖 …… 一四一
百五十漢晉齋藏碑圖爲周季木進作 …… 一四一
題秋江晚眺圖 …… 一四二
題畫竹與王緯齋 …… 一四二
畫松寄許叔屏翁 …… 一四二
憶昔 …… 一四三
題畫菊扇族叔愈齋先生 …… 一四三
翠瀾堂圖爲劉笠僧先生原道作 …… 一四三
秋閨 …… 一四四
寫梅花水仙寄莊思緘先生 …… 一四四

松煙……一四四
寫懷……一四四
夜坐蒙齋用次量故宮韻賦呈
生甫先生……一四五
題陶淵明歸來圖……一四五
題畫……一四五
題名山圖寄錢夢鯨先生……一四六
題蘆花釣艇呈樊山先生……一四六
爲成澹翁畫扇題……一四六
黃花白石圖爲惲公孚寶
惠作……一四六
題畫與王福菴禔……一四七
題徐天池策杖圖與陳西甫……一四七
題萬竹廬圖……一四七
題畫寄仁安師……一四八
爲龔仙舟先生畫紫蕨立幅……一四八
題龔筠菴穎言錦棠叔季合作
墨竹……一四八
書懷用次量韻寄許師韓……一四八
題贊廷所藏滌煩夏景便面……一四九
畫竹雜寄二十首……一四九
題畫……一五一
題宋幼升丈集善墨梅扇……一五一
題俞語霜翁原山水畫冊……一五一
前詩意有未竟復續成之……一五二
季雲四弟將歸長春難乎爲別
賦此送之……一五三
有懷蔣攬澄遇春兩丈兼寄蔡
丈樸如……一五三
贈余越園紹宋兼索畫石雪齋

圖 …………………… 一五三
喜范季美過訪詒以一律 …………………… 一五四
玉虬書來賦此代柬 …………………… 一五四
索湯定之畫石雪齋圖 …………………… 一五四
題畫與季雲 …………………… 一五五
倚闌 …………………… 一五五
與熾丞馨芝子銘鶴齋華棠允
卿健如俊生集城南酒樓 …………………… 一五五
畫竹與逸梅上人 …………………… 一五六
畫梅與吳稼農 …………………… 一五六
集柯敬仲論竹語戲成一絕題
竹寄大村西厓 …………………… 一五六
題畫 …………………… 一五七
畫梅 …………………… 一五七
題壑松圖與常子襄贊春 …………………… 一五七
題萬竹廬 …………………… 一五七
畫竹寄越園先生 …………………… 一四九
溪上漫成寫與誦洛 …………………… 一五八
雨夜坐萬竹廬寄懷鏡寰白石 …………………… 一五八
枯木畫與雲巢 …………………… 一五八
雨霽 …………………… 一五九
畫竹雜寄 …………………… 一五九
畫松與徐曙岑 …………………… 一五九
題橫琹圖 …………………… 一六〇
蟋蟀 …………………… 一六〇
槐陰鬬雀圖畫與聘臣 …………………… 一六〇
與石梅先生合作竹石卷子 …………………… 一六一
竹林澤雉爲陳公輔作 …………………… 一六一
寄晉人 …………………… 一六一
恕齋圖爲陳一甫翁惟壬寫 …………………… 一六二

病中爲朱友山寫梅圖 …… 一六二
鴝鵒哺雛圖 …… 一六二
畫鴨 …… 一六三
竹枝鴝鵒 …… 一六三
題松下淵明 …… 一六三
柳枝雙燕 …… 一六三
題畫梅竹與幼梅先生 …… 一六四
溪橋晚步圖 …… 一六四
枯木寒鴉 …… 一六四
竹林幽鳥畫與志厚 …… 一六四
題所藏葉瑤期小鸞落花蛺蜨圖 …… 一六五
松石爲趙少芬震作 …… 一六五
芙蓉白鷺 …… 一六五
鉤勒芭蕉爲羅雁峯作 …… 一六五
聽泉圖 …… 一六六
湘江竹林圖爲周祥五作 …… 一六六
畫鷹 …… 一六六
題畫雜寄三十首 …… 一六六
藤花睡鴨 …… 一六九
畫松 …… 一六九
畫竹與周叔弢 …… 一六九
畫蘭與意箴翁 …… 一六九
題畫 …… 一七〇
曉起步至葦村即景畫與吳稚雲 …… 一七〇
題畫寄石工 …… 一七〇
畫竹寄鐵山 …… 一七〇
畫竹與君路馳 …… 一七一
菊溪圖爲昀溥作 …… 一七一
題畫寄孝龐 …… 一七一

題畫寄孝麓……一七一
畫竹贈覺先上人……一七二
題畫……一七二
題篔筜谷圖與王孝慈……一七二
畫梅寄謝玉岑……一七二
枯木奇石畫與毛耀東……一七三
題畫……一七三
題滌煩畫玩桂圖……一七三
爲芸夫作知不足齋圖題……一七四
題畫與楊子遠……一七四
贈吳叟觀岱索畫石雪齋圖兼
寄廉叟南湖蔣丈遇春……一七五
畫蘭雜寄……一七五
桃花燕子畫與劍潭……一七六
題畫與劉同仁……一七六
題新篁幽鳥與楊功瑕瑜……一七六
京津道中遇張新吾感憶舊游
畫扇貽之……一七七

石雪齋詩稿補遺

題畫竹一百五十首……一八一
庚午重九日同人登驛樓尋龍
山故事口占戲呈諸老斧正……一八四

遂園印稿

封面……一八七
趙世駿題扉頁……一八八
遂園居士三十五歲肖像……一八九
向維樸繪遂園圖……一九〇
胡朝梁題遂園圖記……一九一

錢振鍠序……一九三
陳衍題詩二首……一九九
王振聲題詩一首……二〇一
劉原道題詩二首……二〇四
李放題詩四首……二〇七
俠骨禪心……二一一
不俗即仙骨……二一二
問梅消息……二一三
詩卷長留天地間……二一四
真水無香……二一五
一笑百慮忘……二一六
賣畫買山……二一七
心無妄思……二一八
神仙眷屬……二一九
一生自疏曠……二二〇
怡然自得……二二一
自成一家……二二二
且陶陶樂取天真……二二三
貽爾子孫……二二四
時於此間得少佳趣……二二五
幽清寂寞……二二六
徐宗浩……二二七
遂園幽隱……二二八
徐伯子……二二九
徐大……二三〇
宗浩……二三一
養吾……二三二
養吾……二三三
養吾……二三四

養吾讀……二三五
養吾書畫……二三六
養吾手摹……二三七
養吾過眼……二三八
養吾三十以後書……二三九
養吾書畫……二四〇
遂園……二四一
遂園審定……二四二
遠白……二四三
遠白父……二四四
遠白……二四五
遠白白箋……二四六
遠白……二四七
江南布衣……二四八
遠白珍藏……二四九
東海……二五〇
孺子後人……二五一
江南布衣……二五二
徐大此印與第二三〇頁重復……二五三
徐郎……二五四
遂園詩畫……二五五
遂園初稿……二五六
養吾……二五七
宗浩……二五八
养吾此印與第二三三頁重復……二五九
養吾經眼……二六〇
宗浩私印……二六一
徐宗浩……二六二
徐……二六三
養吾白事……二六四

石雪居士……二六五
石雪道人……二六六
徐石雪詩書畫……二六七
石雪……二六八
石雪書畫……二六九
石雪子……二七〇
庚辰生……二七一
庚子再生……二七二
養吾持贈……二七三
青藤後人……二七四
徐宗浩印……二七五
養吾讀此印與第二三五頁重復……二七六
石雪……二七七
江南布衣此印與第二四八頁重復……二七八
石雪所收……二七九
石雪齋……二八〇
徐……二八一
徐……二八二
子孫永保……二八三
六藝之一……二八四
居無塵雜……二八五
畫隱……二八六
自娛……二八七
一日不知非即一日安于自是……二八八
一東是生心真……二八九
師古……二九〇
平生重意氣……二九一
無入而不自得……二九二
養吾浩然之氣……二九三
已知如意事 不遂苦吟人……二九四

悲憤無聊　一寓於此……………………二九五
天趣……………………………………二九六
領袖群英………………………………二九七
借問如何太瘦生　總爲從前作
　詩苦…………………………………二九八
藏之名山………………………………二九九
以骨誓青山　不隱非英雄……………三〇〇
遂園幽隱此印與第二二八頁重復……………三〇一
石雪齋此印與第二八〇頁重復………………三〇二
吉安室…………………………………三〇三
竹隱盦…………………………………三〇四
菜根香館………………………………三〇五
真盦……………………………………三〇六
抱膝吟廬所藏書畫記…………………三〇七
徐氏養吾平生真賞……………………三〇八
徐氏吉安室珍藏書畫…………………三〇九
石雪齋珍藏書畫記……………………三一〇
清遺民…………………………………三一一
羲皇上人………………………………三一二
養吾三十以後之作……………………三一三
封底……………………………………三一四
後記／張金聲…………………………三一五

己巳十月初旬，航海作遼東之游，在大連小住數日。走訪石雪，出此見貽，越歲辛未九月望日，燈下泚筆記之。屏廬。

整理者按：此爲金鉞先生在書前的題記。

序

丁巳初到杭州，作西湖之遊。蔡谷清謂余曰：「子來幾日矣，想扁舟一棹徜徉於港魚潭月之間。子幽靜之士也，賞心悅目其在南山之南，九溪十八澗乎？子一至其處，當知曲院之荷、蘇堤之柳，遠遜于理安之楠、雲棲之竹也。」谷清今往矣。其說西湖即可爲談詩論畫，作一有形之規範也。吾友徐石雪，工詩善畫，純取高情遠致，所謂不俗不怪，不腴不枯，別有天然秀氣，當求之于古人，庶可得其彷彿焉。近編《石雪齋詩稿》大都經余點定，諷誦一過，恍然游於太虛，松風水月，不復知在塵世間也。曉天雲氣，重疊鋪滿，仰首視之，有若山者、有若水者、有若原野者、有若亭榭者、有若鳥獸蟲魚者、有若花木竹石者。因心而起，觸境而成，惟心之靜且細者，乃能領略之想像之。作詩作畫何以異於此哉？吾願與吾石雪相契無言，覺無聲之詩，有聲之畫，貺益於無窮，吾兩人自有躊躇滿志者矣。

丙寅三月　六十三拙老人王守恂撰

序

芾比於津上道中得句云：「慚愧追鋒車疾轉，不嬰塵網果何人？」蓋自傷尚爲世所羈，而殊不逮吾友徐君養吾也。芾嘗私謂：「士生斯世能自適，其志不爲時所繫牽，則雖剽纓組擁車騎，斯其人亦不足貴也。」養吾天性清曠，能自拔於儕俗，而家學文詞書畫咸能世其業。頃歲橐筆津門，生事足自給，於當世之務一不以關乎其慮。嚴尚書範孫亟激賞之，且稱其才志與境地，近人殆罕與儷者。其爲當世名賢所欽慕如此。養吾與余往來既稔，間出其《石雪齋詩稿》而倩余序之。芾維世之爲詩者雖尋聲肖影，側足學步，彼其中實有未能平者，故聲音焦殺且徒爲古人役，亦奚以詩爲若。君獨蕭然物外，淡而無悶。其詩既不屑屑摹擬古人，啟華振秀，靜深沖淡，秀而不纖，肆而不莽，故雖單詞短語，亦風蘊清遠，往往可誦。至其遺世邁物，泰然自得之意，讀之尤令人超舉，其人足重，斯其詩亦與之俱重。是編既梓，吾知世之讀君詩，必有思慕君所宗尚於無窮者，而君之風流乃自茲益遠矣。

丙寅五月　天津趙芾序

題詞

武進呂光辰緒承

漫話十年飄泊恨，細吟一卷性情詩。頻逢離亂思歸隱，誤盡聰明欲買癡。三泖蒓鱸千里夢，一船書畫五湖思。鄭虔才筆陽冰腕，從此天涯說項斯。

陽湖錢振鍠夢鯨

知音半淪没，方覺存者貴。誰料一別來，日移山岳毁。詩句近彌少，畫意進更鋭。惟有昔年盛，興致不可再。憶昨吾輩中，吕大才益邁。今日握手時，吕大棺已蓋。惟君重其詩，爲之謀千秋。黄金買梨棗，高義誰與儔。吕大昔在京，豈不善交遊。至今相識者，早自付悠悠。口頬尚不及，於心更何有。始知君子交，金石同其久。

旌德呂陶篙漁

羊頭羊胃長安市，一壑一邱謝氏家。孏與時流別涇渭，獨擕孤抱寫煙霞。斯人已足回風氣，此卷當能壽歲華。自古南州有高士，芒鞵悔著遍天涯。

陽湖唐鼎元玉虬

浩蕩風塵塞大千，書城誰擁事丹鉛。士衡此日來都下，惟造瑯嬛謁茂先。

愛近林泉聽鶴聲，一枝花管自天生。青藤家世風流甚，詩畫人傾一代名。

襟神瀟灑出塵寰，何日移家去買山。屈子滋蘭坡種竹，高情遙寄楚湘間集中蘭竹詩最多。

黄金曾爲親朋散，月帖常從醉後摹。千古人文歸北海，孔公豪氣李公書。

吉林成多祿澹堪

過時朱粉向誰施，數畝荒園獨樂饑。偏是輞川新有贈，詩中之畫畫中詩。

槐天人坐緑成茵，誰寫林亭雨後真。讀得遂園詩一卷，畫簾如水淨無塵。

安陸李雲慶霖青

玉臺新詠，悵蘭成身世，靈均初服。撚斷吟髭頻索句，寫入霜毫應秃。筆格珊瑚，奚囊古錦，秀語爭山緑。平生蕭瑟，結盟惟有寒竹集中題畫竹詩最多。今日飄泊干戈，卑棲監酒，重把長歌續。晚歲傭書成活計，共我樽前悵觸。壞壁旗亭，行塵僧寺，閲遍興亡局。奇交欣賞，引杯聊對官燭。調寄《百字令》

自序

余十歲時，即酷嗜吟咏，弗能工也。及長，又嗜畫。或因畫得詩，或因詩得畫，自亦不知是詩是畫也。今忽忽四十年，集稿數千首矣。就正於仁安先生，先生以爲幽懷冷抱，孤芳自賞，必傳無疑。夫人立天地間，藉以傳不朽者，自有事在，區區文字何爲哉！然詩言志，不言誰知其志者？文字雖微，亦足以見其性情，爰擇夙所自憙者如干首，災諸梨棗，散之友朋，以當情話。荀卿之言曰：「非我而當者，吾師也：是我而當者，吾友也。」此所望于師友者也，否則覆瓿覆甕，弗之問也。

丙寅六月石雪居士徐宗浩識

石雪齋詩稿卷一

題自畫竹

清氣鬱乾坤，融結爲河嶽。一夜響春雷，蒼龍露頭角。

春興

叢竹蕭蕭枕簟清，水沈香盡碧煙横。東風緑滿窗前草，鎮日相看覺有情。

春草

春草年年緑，江潮夜夜來。早知花有落，何似不曾開。

雨夜

香燼金猊欲化灰，攬衣深夜起徘徊。無端新種南窗竹，又送瀟瀟細雨來。

題臨華秋岳栗鼠直幀

蔓草寒藤秋氣涼，穴居野處自徜徉。山中橡栗年年熟，恥向朱門乞稻粱。

獨立

一雨洗天地，山村萬象清。松風吹骨健。溪水沐頭輕，饒有林巒趣。渾忘世俗情，橫塘閑獨立，高樹亂蟬鳴。

野望

天邊日將落，林末鳥初還。獨立高原上，無言對遠山。

遣懷

草閣涼初到，江天雁過稀。夕陽楓葉瘦，微雨藥苗肥。地僻容吾懶，家貧累鶴磯。山塘漲秋水，没卻舊漁磯。

舟夜聞笛

一聲長笛碧天秋，夢醒船窗水急流。自起尋聲問何處，蘆花江上泊漁舟。

泛舟

一人雨聲足，朝來萬木清。平湖秋水滿，移棹看山行。

秋水

千潭澈底清，萬象涵虛静。淩寒白鷺飛，穿破蘆花影。

春曉

數聲幽鳥夢初闌，金鴨香消獸炭殘。屋矮尚堆春後雪，簾疎不隔曉來寒。十年事向詩中記，五嶽歸從畫裏看。何事蕭齋爽人意，梅花細嚼入脾肝。

溪行書所見

斷靄迷村路，寒煙蕩天暮。扁舟人未歸，殘月挂高樹。

幽居

四時最好暮春初，日朗風和百物舒。斗室境偏無俗客，盤餐味淡有園蔬。數竿倚欄新栽竹，一卷當窗舊讀書。已辨此生長落莫，自無榮辱到幽居。

幾日

幾日空階雨，莓苔緑繞門。野花開屋角，溪水漫籬根。適意惟松竹，忘機到鳥猿。此中真樂土，不必武陵源。

放舟

垂楊漠漠草芊芊，宿雨初晴好放船。春水蔚藍連野岸，白禽衝破一溪煙。

小隱

平生心事在鋤犁，小隱衡門合忍飢。最愛秋風茅屋底，焚香細讀竹山詞。

樊村道中

野闊雲平落日低，樊村十里草萋萋。緑楊深處炊煙起，知有人家在隔溪。

避亂楊莊作

蕭齋人不到，危坐静無言。古木挂寒月，空山啼暮猿。途窮因計拙，業盡幸身存。便作移家計，青山長子孫。

過燕郊

胡天寒太早，八月雪花飛。砧杵秋初動，關山樹半稀。有家何處認，無地可相依。回首燃燈塔，巋然掛落暉。塔在邑城。

寄譚君梅先生

記得髫齡問字時，虚懷常作古人期。算來父執惟公在，話到人情益自悲。書劍凋零經喪亂，弟兄道路感流難。中原從古承平少，日暮高吟杜老詩。

漢高祖

中原空逐鹿，泗上竟龍飛。秦楚終灰燼，君王出布衣。入關基已定，當路劍曾揮。一曲高歌處，臨風季子歸。

韓信

一飯恩猶報，焉能負漢皇。臣心羞背主，君意忌稱王。就縛同樊噲，全身遜子房。龍門留曲筆，展卷倍神傷。

班超

丈夫懷大志，西出玉門關。朔漠縱橫地，風霜戰伐間。封侯酬夙願，垂老得生還。幾輩傭書者，徒嗟兩鬢斑。

謝安

東山攜妓酒醒時，霖雨蒼生出岫遲。花下圍棋兒破敵，雪中鬥句女吟詩。風流人物千秋在，江左朝廷半壁支。最是箏聲聞不得，廣陵遺跡暗傷悲。

陶淵明

豈爲羞腰折，歸來意更深。山窗容抱膝，田水託知音。對菊惟宜酒，無弦尚有琴。吾廬書可讀，終古任清吟。

韓世忠

冤獄將成莫與爭，英雄解組不談兵。退身尚有西湖在，剩水殘山了一生。

古鏡

六宮顔色老，幾度委巖阿。渾樸知誰鑄，光明信不磨。虛堂容物久，塵世閱人多。時事妍媸混，高懸且任他。

午眠

困人春晝永，睡味閒中領。夢醒一聲鐘，空階下花影。

寶劍

舉世無歐冶，純鉤孰賞音。空餘三尺影，風雨作龍吟。

新蟬

羽化始何日，居然振翼鳴。斜陽疏柳外，不慣作秋聲。

登文昌閣遺址

曳屐東城上，蒼茫百感生。石橋流水曲，孤塔暮雲橫。閣圮碑猶矗，亭荒月自明。文昌閣、得月亭悉成瓦礫。門前一枯樹，蕭瑟動秋聲。

過井陘

不是蠶叢路，真同蜀道難。馬頭飛瀑急，林末亂峰攢。水際斜陽淡，山陰積雪寒。迷津何處問？溪上白鷗閒。

壽陽道中

風逼征衣冷透綿，蕭蕭敗葉雨餘天。清泉激石噴寒雪，古洞緣山起暮烟。故國有書三疊去，他鄉看月兩回圓。無端欲試離群苦，飄泊關河路二千。

宿梁氏園同龐乙藜孝廉映青作

薄俗誰堪語，逢君意獨親。一爐新撥火，兩個苦吟身。骨瘦詩仍健，情深話最真。西窗同剪燭，俱是未歸人。

憶家

小別悠悠三月往，天涯落落一身遥。登樓底事開懷抱，萬里無雲月正高。

威州早發用殷效蘇孝廉軾見贈韻

無賴雞聲促早行，蒼茫曉色紫雲平。亂山堆裏行窩穩，飛瀑聲中客夢清。烽火連年傷往事，悲歡到眼感浮生。何時結屋孤山曲，好與梅花證舊盟。

渡滹沱河

逐逐風塵嘆逝波，一年一度渡滹沱。沙聲似水輪蹄緩，夜氣如秋客夢多。百戰尚餘書劍在，長貧爭奈別離何。升沈不用君平卜，已向江湖辦釣蓑。

歸來

世事何堪說，歸來計未疏。便營三畝宅，補讀十年書。失馬寧非福，危邦詎可居。溪山隨處好，混迹老樵漁。

寄陳寅菴長三兼懷梁禹珊胡世五龐雨梅王文伯

草堂一夕動西風，籬菊開殘楓葉紅。自有煙霞娛歲月，誰將得失感雞蟲。論詩每在酸鹹外，得友多從患難中。不作傷心淪落語，一聲長嘯海天空。

散步城東登文昌閣遠眺

古木杈枒繞暮鴉，鄂公祠畔有人家。濕柴堆灶煮寒菜，枯竹護籬開野花。得月亭荒餘瓦礫，響鈴寺圯長禾麻。西風倦客悲寥落，腸斷孤城日暮笳時駐軍城外。

黄亭題壁用潘子寅文韻

我亦倦遊者，飄然到古亭。日斜村柳暗，風過野花馨。草擁殘碑緑，苔迷古道青。秋風蕭瑟裏，一雁下寒汀。

中秋雙橋道中

疲驢破帽逐征塵，節物驚人到眼新。回首家山好風月，儘他消受是閒人。

秋日雜興

新霜天氣雁南征，睡起呼童蕩槳行。綠酒黃花秋九日，一生風味愛淵明。

竹木森森隱小樓，抱村一帶水爭流。滿山黃葉少人跡，獨立斜陽看飯牛。

重陽前一日登望河台同褚采丞進士煥祖作

綠楊疏處矗荒臺，放眼蒼茫盡草萊。水漫黃蘆孤鷺立，花開紅蓼早鴻來。長河日暮孤帆遠，邊戍風高畫角哀。客裏關心是重九，明朝休負菊花杯。

秋晚

窗外竹蕭蕭，山齋正寂寥。晚煙迷徑路，微雨濕芭蕉。石瀨瀉寒碧，松風撼暮潮。如何圖畫裏，總是著漁樵。

桑乾河署即事

閒庭人不到，覓句自盤桓。雨過空潭碧，霜高落葉丹。侵階苔色老，隔岸笛聲寒。日暮西風急，誰知客袖單。

再過黄亭題壁用毛紡山韻

禾黍蒼蒼入望迷，斷雲殘雨轉紅低。荒亭寥落猶前日，壞壁模糊失舊題。野水秋菰群鷺下，夕陽疏柳亂鴉啼。徘徊不是傷搖落，回首栖栖感雪泥。

秋夜有懷田介眉開壽吴石舟寰

蕭蕭落木雁南征，數盡更籌睡未成。廿載光陰增馬齒，十年風雨誤雞鳴。愧無經濟匡時局，且託漁樵過此生。無限牢愁誰可語，忍寒枯坐到天明。

適意

山下看山都覺好，一登絕頂轉無奇。人生適意餘何取，未必雞豚勝斷齏。

林亭即事

濕雲靉靉罩窗紗，石鼎閒煎顧渚茶。喜展芭蕉陰數尺，好防夜雨損幽花。

宮詞

寶髻垂雲試晚妝，嫩颸吹動碧羅裳。林花落盡春光老，獨坐瑤墀待夕陽。

偶成寄褚采丞明府龍泉

無地可營三畝宅，有錢難買一身閒。晚來風雨消殘暑，自啟樓窗看遠山。

俯仰

俯仰嗟陳迹，清時且放歌。涼風動菡萏，落日挂藤蘿。身健因餐簡，家貧喜畫多。扁舟何日買，風雨老漁蓑。

晨起

晨起視朝露，瀼瀼團如珠。朝見暮不見，不見徒唏噓。世事滄海波，變滅在須臾。儘有白髮白，那復朱顏朱？爲歡有樽酒，昔人豈我愚。流光百年耳，不樂將何如。

溪上漫成

碧草滿庭除，清和正夏初。溪聲和雨瀉，瓜蔓帶煙鋤。病久詩書廢，家貧故舊疏。最憐梁上月，終夕照吾廬。

垂釣

漠漠清溪水不流，槿籬竹屋壓村頭。一竿磯畔消長日，管甚鱸魚不上鈎。

感賦

意氣得所適，升沉誰復論。封侯無骨相，不敢受人恩。

題松雪翁與進之手札二首

素衣染盡帝京塵，偕隱空期霅水濱。薄宦八年才解綬，何圖酷禍到夫人。

行步艱難兩目昏，萬千情苦與誰論。悠悠五百春秋後，猶覺行間有淚痕。

札云：「孟頫去家八年，得旨登還，何圖酷禍，夫人奄棄觸熱，長途護柩南歸，哀痛之極。兩目昏暗尋丈間，不辨人物，足脛瘦瘁，行步艱難，亦非久於人間者。承專价惠書，遠貽厚奠。即白靈几，存没哀感，託交廿年，余蒙愛至厚，甚望吾友一來，以敍情苦，而又不至。懸想之情，臨紙哽塞不具。」

雨夜與内子閒話

一雨退殘暑，宵來氣似秋。新詩吟未了，舊事話從頭。閱世驚風鶴，知機愧海鷗。柴門蛙兩部，繁響雜溪流。

題蔣德華滇南策馬圖二首

且把壯遊誇宇内，漫將鄉思悵天涯。風光最是滇南好，一領青杉歷四時。
眼福才名喜並收，蒼山洱海足句留。垂鞭不作蒼茫感，踏遍人間萬里秋。

和徐蓮士太守承熊溪亭韻

把卷迴環當勝遊，淮南招隱賦淹留。古今樂此皆賢者，天地容君作隱流。萬事江河憂日下，十年風雨住溪頭。東山定慰蒼生望，不獨幽情在一邱。

觀張簡盦侍郎所藏趙文敏雙松卷子

是處青山可卜居，勞勞無計拂塵裾。何時結屋雙松下，補讀平生未見書。

寄懷錢夢鯨先生

西風木落滿長安，悵望江東夕照殘。賈誼憂時終自悃，接輿避世豈無端。傳經有子貧何恨，負郭無田隱更難。我亦平生有微尚，買山欲傍子陵灘。

吕緒承評余詩訖賦謝一絕

落拓十年同梗泛，叢殘一卷等絲棼。支頤默數平生契，肯爲推敲只有君。

題畫與四弟季雲

紅葉蕭蕭晚，橫塘正落暉。羡他天際雁，處處逐群飛。

雨中春望

幽草滿橫溪，東風燕子低。雨中春色好，一帶緑楊齊。

東雨農樾枰

聊送年華沽緑酒，爲消岑寂寫黃庭。生涯濩落吾何恨，起看西山一片青。

送羅二輯五（鍾瑞）歸里

天涯送別尋常事，獨到臨歧總黯然。爲問白圭鎮前柳，絲絲能否似當年？

殘菊畫與癭公

潦倒西風不自持，寄人籬下費吟思。江風葉落青苔老，珍重斜陽欲墜時。

病起作

長安秋八月，天氣似初冬。骨瘦衣綿早，脾虛食肉疎。黄花半籬落，涼月滿庭除。心緒傷搖落，寒蛩入我廬。

雜感

自古薰蕕難共器，從來涇渭本分流。論交舉世無鮑叔，逆旅何人識馬周。自笑風流成獨賞，誰知鹿豕竟同遊。西山薇蕨猶堪採，白眼青天何所求。

齷齪

齷齪豈吾事，艱難愧此生。風塵虎馬齒，湖海負鷗盟。世亂身將隱，心安夢亦清。遂初何日賦，空繫故園情。

題胡寅谷丈贊采息園圖

兩載黄梅舉最先，文章政事盡堪傳。克家有子身將隱長公奉六宰興化，次公偉仲官主事，抗世無求意自賢。幾樹紅梅動吟興，一犁黄犢看耕煙。粗衣薄酒平生足，高詠香山池上篇。

豈念平生馬少游，襟懷淡泊愛林邱。柳溪新築柴桑宅，石鶴初歸刺史舟。撒手一官真墮甑，賞心萬卷擬封侯。行看脱稿中州集，好付名山石室收。丈舊著《中州典林》，將卒，成之。

前詩意有未盡再成一首

一灣流水繞幽居，十畝田園半野蔬。白髮歸來猶種竹，黄金散盡爲儲書。低徊魚鳥心無事，放浪詩歌意有餘。沽得蘭陵鬱金酒，何時問字子雲廬。

送雲皆師還里

搔首風塵事事乖，牢愁聊復藉詩排。升沈久已憑天定，嗜好終難與俗諧。縱有親朋誰可語，雖非遠別亦傷懷。相期一事公須記，結屋青山處處佳青山，村名，在盤山中。

謁王劭農先生振聲

長安滾滾塵如海，一接清談百可忘。最愛芙蓉山館坐，一簾花影弄斜陽。

畫竹贈李容之時牧滄州

迢遙江海三年別，邂逅長安幾日留。寫贈一枝寒瘦竹，看他清蔭滿滄州。

題畫與邢履仁錫麟

江頭一夜雨，船泊荻花叢。高臥孤篷底，酣眠曉日紅。

何詩孫丈維樸爲寫遂園圖卷喜題二律

喧塵不到野人家，十里荒城繞屋斜。一室寤歌成偃蹇，百年粗糲足生涯。山窗喜讀倪迂傳，石鼎閒烹陸羽茶。世難如山渾看慣，此身端合老煙霞。

草草園亭小小樓，從容偃仰散千憂。藏書已足供兒讀，引水聊爲蓄鶴謀。古樹杈枒餘劫火，柴門清寂對寒流。朝來別有閒滋味，行盡溪頭弄釣舟。

寄四弟季雲

生涯甘濩落，風雨掩柴扉。別我三千里，思君十二時。心忙疑日短，病久覺衣肥。世事江河下，相將去採薇。

白葭數約至湖上久未果行賦此答之

百歲光陰一刹那，幾番顧影歎蹉跎。世人空說湖山好，不及漁樵領略多。

送劭農先生梅花

彭澤高風不可攀，獨栽叢菊餞秋殘。更移放鶴亭邊樹，清供詩窗慰歲寒。
藥爐經卷結前因，棐几蕭然遠世塵。午夢乍醒殘日落，一簾花氣擁詩人。

題謝蕙庭陽畫芙蓉便面

武陵不復有，安用訪桃花。江上芙蓉好，行將買釣艖。

看山

疎林一帶露煙鬟，曳杖溪橋鎮日閒。久立斜陽暮鐘起，山雲不動萬峰間。

小金臺

何處覓荒臺，繁花幾劫灰。名城苦烽火，故國長蒿萊。泠月蛩聲咽，深宵犬吠哀。昭王不可作，空憶濟時才。

勤儉示子靖

勤儉由來足保身，平生飲啄況前因。布衣麤糲談何易，看取江湖乞食人。

永清道中

沙田漠漠豆苗齊，緩步垂鞭任馬蹄。一路行吟誰與和，緑楊深處亂蟬啼。

對月

天上月團圞，亦衹十五六。如何百年中，人心長不足。

謁墓

常州自赭寇之亂，宗族散處四方。余生也晚，流寓北通州，不墓祭者四十餘年矣。戊申南旋，謁族長泰生先生，得觀光緒二年所修宗譜，始悉祖墓在路城橋。越日，買舟訪之。路逢圖正曹叟，具道來意，遂邀至其家。出魚鱗冊一卷相示，所載田數號數不爽。纍黍復引至墓，次指畫邊際，甚詳。墓前有石碣已斷，下半尚在田中，中行存「之墓」二字，右行存「孫日烜立」四字。按：祖墓正穴爲吾十四世祖喬齡公。喬齡公長子賡揚公出嗣伯父舜齡公。日烜乃賡揚公長子，後更名厚承，字曰烜。悉與譜合載。斷碣北并重立二石。甲寅七月，泰生之弟涵生先生同客京師，爲寫訪墓圖卷，爰題此詩並志崖略。

百年浩劫歷紅羊，流徙天涯空斷腸。宗族凋零親戚少，孤兒三十始還鄉。
幾曲清溪駐短橈，舟人報到路城橋。蕭蕭落木沉沉日，數點寒鴉似見招時有寒鴉飛集墓間。

叢木荒邱舉目餘，迷途正欲問樵蘇。殷勤我感曹翁甚，指點魚鱗一卷圖。
徘徊隴畔更何疑，稽首前阡涕淚垂。應是九原靈不爽，墓前留示斷文碑。

路城橋即景

山村回首思依依，幾曲清溪繞竹扉。雛鴨一群人一個，扁舟時趁晚涼歸。

歸舟

清溪雨過水雲空，衰柳寒蘆淡蕩中。爲愛月明歸棹緩，下篷危坐任來風。

舟夜用王紫翰丈觀宸**韻**

江上西風動客情，推篷醉臥嫩涼生。四圍遠樹低平野，無數青山立晚晴。人事百年蕉鹿夢，家山萬里杜鵑聲。一編新得斜川集，容我吟哦直到明。

閒居用錢紱書先生錫麟韻

一自抛長鋏，歸來意思閒。詩因題畫作，草爲種花芟。風雨雙芒履，春秋一布衫。小窗無個事，撥火讀楞嚴。

題自臨柯丹丘吳仲圭墨竹冊二首柯竹三十六幀，昔藏景樸孫處。吳竹一卷，桂珏舊藏，今歸白葭。

吾年十五便操觚，畹晚空驚歲月徂。太息文蘇無覓處，小窗辛苦擬柯吳。

思曠平生少宦情，江湖牢落百無成。横塗豎抹三千幅，博得人間畫竹名。

風塵

風塵日擾擾，不得寧心神。何時臥空谷，長爲耕鑿人。

塞上圖

緩步高歌行路難，斷鴻嘹唳夜漫漫。飯牛羨殺田家叟，無此風沙踏雪寒。

題畫

涼飔蕭瑟動蒹葭，個個鸕鶿上釣艖。無限風光憑拾取，横塘開遍拒霜花。

畫蘭

芳蘭生東園，晨夕發香馥。主人識清風，不伍衆草木。誰知幽貞性，絕少紛華慕。行將賦歸來，空山滋雨露。

觀李響泉所藏王劭老白描芭蕉立幅

崚嶒瘦骨入秋多，老樹杈枒石點螺。捐盡紛華事幽淡，千秋一脈出維摩。

古木竹石爲林叟畏廬作

怪石鬱嵯峨，脩竹凝蒼翠。空山寂無人，瀟瀟風雨至。

爲李思永戶部慎脩畫扇題

扁舟日日泊沙頭，無限傷心語白鷗。欲覓桃源向何處？滿江風浪不勝愁。

夜坐

良宵不忍眠，靜向中庭坐。花底一星明，露重流螢墮。

題板橋居士蘭竹

海南一炷熱金猊，低首揚州老畫師。百二年前想高致，只憐生晚不同時居士有「揚州興化人」「老畫師」二印。

散步至恒園

雨過春城天氣佳，緣溪緩步鶴相偕。小園先我何人去，一路泥痕印草鞋。

早起

滄桑小梦了無踪，枕上敲詩意萬重。睡眼朦朧天色曙，數聲啼鳥一聲鐘。

苦雨

連朝苦風雨，頗饒睡滋味。欲起先問人，今日晴也未。

題內子所藏惲清於茭湖隱居圖卷二首

一抹君山似髮青，柳絲婀娜畫冥冥。五湖倚棹空成憶，撫卷徘徊不忍停。

碧海黄塵一刹那，浮生四十悔蹉跎。何時亦築臨溪屋，君寫花枝我作歌。清于適、毛鴻調築小樓，夫婦居之，以吟詩作畫老焉。

近得文石室蘇雪堂墨竹二軸賦長句志之

平生畫竹真成癖，潑墨年年手不釋。竿梢枝葉差足擬，精神氣魄那可獲。學竹當學文湖州，妙墨今日如琳球。無己只有思其次，作手如山將誰由。松雪房山與丹邱，下逮有清鄭克柔。風情瀟灑氣挺拔，餘子蹀躞難與儔。心摹手追二十紀，舉筆總覺羸垂死。寫竹曾聞須寫真，何日扁舟泛湘水。憶昔客遊來太原，得交處士梁禹珊。座中知名有龐子，博學多才今傅山。謂我石谷梁東陽祁縣白圭鎮人，工寫蘭富藏儲，墨竹鉅幅有文蘇。文竹一叢起石罅，猙獰直欲干太虛。蘇竹一竿自上發，尋丈之間氣不竭。排山振谷葉紛落，我欲贊之從何說。拈毫局促只深愧，未敢放手出神異。此軸神奇真駭人，回頭曩作應焚棄。寶劍高情贈知己，篤好豈惜傾囊易。人生萬事如浮雲，寶此不知天地大。

題畫竹用東坡送與可出守陵州韻

我生自是猿鶴侶，忽攖世故心煩憂。閉關暇日弄紙墨，一竿灑灑當清秋。與可風流繼左氏，髯蘇妙跡淩莊周。放懷欲在天地外，渭川千畝胸中收。我慚筆力特瘦弱，解衣盤礴臨池頭。不能飲酒且潑墨，潑墨亦足澆吾愁。

哭俠迦

尺書將到墨初乾，鎮日摩挲感百端。始信奇才能損福，將毋名士不宜官。半生心血餘詩卷，十載關河困馬鞍。莫向離亭重極目，蒼涼草樹夕陽殘。君南歸時曾同吳枚臣餞于玉樓春。

志山窗所見

半山斜日映藤蘿，雨後空庭靜趣多。落葉蕭蕭人夢醒，一雙鴝鴒立高柯。

題畫寄徐怡齋 秉書

葉落荒村天地秋，清江雨過水爭流。虛舟歸去渾無事，聊寄閒心數白鷗。

登樓

蕭蕭野竹繞村頭，一曲清溪凍不流。快雪初晴山月上，好扶藜杖一登樓。

畫蘭

莫言山谷險，底恨荊榛多。孤香自天賦，虎狼其奈何。
自是瓊田種，青青貫四時。笑他桃與李，春去不能支。

石雪齋詩稿卷二

畫柏

萬木蕭蕭風雨來，紛紛落葉有餘哀。龍姿鶴骨何年植，澤大山深老此材。

題湘君圖

蒼梧慘澹鬱寒雲，冷雁哀猿不忍聞。千萬羈愁無可語，月明秋水吊湘君。

記遊

銅駝香盡晚雲寒，芍藥初開春意闌。可惜無人攜畫扇，日斜徒倚玉闌干。

秋日同閻志生遊頤和園作

傑閣危樓倚斷霞，長廊曲折走龍蛇。頹垣積雨跳飢鼠，衰柳搖風噪暮鴉。湖上生機留碧草，人間晚節讓黃花。金牛寂寞秋風冷，愁聽行人說翠華。

劭老爲寫羅浮清夢圖卷子賦謝二絕

春在先生杖履邊，眾芳收拾入毫巔。光陰過客何須記，看到梅花又一年。
竹樹蕭疏雪積門，高齋幽閒絕塵喧。酒醒夢斷茶初沸，漫寫風流楚客魂。

題畫寄繆筱珊丈荃孫

巢由不可作，清風孰與俱。空山自開落，寒燠不關渠。

書扇呈劭老

小園意拓勝巖阿，門巷青蒼滿薜蘿。一代詩名張仲治，千秋畫筆華新羅。乞書愧乏籠鵝報，問字頻思載酒過。風月江山自今古，得閒消受不曾多。

葦村書興

結屋荒村愛古槐，葦簾髹几絕塵埃。書殘卻喜兒時讀，竹少還期老去栽。柳塢夕陽隨鳥去，蘆塘清風逼人來。從知少壯無多日，爭不朝朝笑口開。

懶聞世故掩柴關，檢點殘編手自删。野水一泓宜泛艇，秋雲萬疊勝看山。縱情圖畫詩歌裏，拼老煙霞泉石間。螻蟻王侯慨同盡，何人能向死前閒。

泛舟

波光瀲灩泛輕橈，玉宇無雲月正高。珍重人生行樂耳，百年能得幾良宵。

隨孫慕韓趙劍秋兩先生游岳麓山慧光寺訪李邕所書碑

從公日醉長沙酒，茲復追陪水石間。自昔書名推北海，即今人望屬東山。參天古木疑秋至，夾路清泉送客還。稻飯魚羹生計足，萬千村舍繞江灣。

旅夜遣懷用薇老韻

蘆荻蕭蕭月映堤，數椽茅屋俯清溪。功名久已空金馬，涵養原難到木雞。深院孤槐螻蟻夢，亂山叢竹鷓鴣啼。中原何日銷兵氣，黃犢青蓑雨一犁。

題畫與信初

浮雲事事漫相嗟，久擬煙波買釣槎。老鶴不歸山月上，一溪清影印梅花。

劭農先生以新正有感詩見示次韻奉和

擾攘風雲遍九州，聊將曠達擬莊周。天涯淪落誰青眼，海內人文公白頭。陶令襟期三徑隱，范蠡生計五湖遊。即時杯酒須珍重，浮世榮枯等蜃樓。

塞上作

沙場白草寒，野磧孤鴻没。匹馬萬里征，不忍見秋月。

劭農先生出示自寫小照因讀先大父所題詩賦呈四絕用志欣幸

寫生妙跡邁徐黄，儒雅風流似晉唐。世事茫茫幾桑海，披圖獨見魯靈光。

酒豪詩傑陶彭澤，墨妙筆精王右丞。上下於今三百載，舉無清逸似先生。

風節爭傳第一流，交深三世幸從遊。年來耆舊凋零甚，一話尊前五十秋。

萬卷琳琅閒富貴，一門風雅小神仙。人文晚代誰倫比，清福清才董畫禪。

葦村閒居

葦花深處有人家，草閣蕭然近水涯。矮紙閒臨坡老竹，高田好種召平瓜。心無一事貧堪樂，胸有千秋氣自華。豆飯藜羹吾願足，養生何用蓄丹砂。

獨坐

靜中酷愛浮雲懶，閒裏翻嫌流水忙。獨坐溪亭數呼吸，滿天涼露滴幽篁。

劭農先生出示書畫徵花詩奉和

妙絕淩雲筆一枝，吟餘隨意寫荃熙。行看韻事傳千載，自足風花閱四時。彭澤歸來猶有菊，香山老去益工詩。自慚刻畫成何事，寥落天涯獨見知。余之篆刻承公稱道不置。

故關道中

聞說雲山三晉好，重攜席帽走關河。雞蟲得失忘懷久，泉石清奇入畫多。破碎荒城迷斷靄，崎嶇山路冒秋蘿。蕭蕭落木西風急，立馬雄關一放歌。

過太谷趙鐵山吏部昌燮招飲停雲山館即席賦

風流文采日沉淪，海內如君更幾人？甌北才名擅今日，明誠著錄憶前塵。杯盤錯落皆珍味，主客歡娛率性真。自笑此行殊不負，一樽相對洞庭春。

贈趙漁山昌願

清秋策蹇訪幽居，十載神交執手餘。三徑竹梧甘隱逸，一樓花萼映圖書。吉金樂石從君好，簦笠棕鞋遂我初。蟹紫鵝黄山饌美，令人不憶武昌魚。

贈史卓如

勝集停雲襟抱開，梁園賓客盡鄒枚。舊遊已是十年往，嗜古不辭千里來。環極文章猶昔日，康成弟子盡英才。匆匆賦别真堪惜，未與朱萸九日杯。

次卓如韻兼寄鐵山

小鳥啁啾午夢回，隔簾修竹影枚枚。正深一水蒹葭想，忽迓九天珠玉來。文酒不知豪氣減，雲山能使好懷開。青蓮妙筆陽冰腕，俱是名山未易才鐵山昆季均能書，鐵山篆書尤精。

題劭農先生意拓園圖

水曹霜署著清勤，兩載黄山更苦辛。一自扁舟歸舊隱，卻將餘事作詩人。
小樓深靜絕纖埃，簾外修篁左右栽。一卷黄庭一樽酒，人間亦自有蓬萊。
澹靜廬傍意拓園，梅花結子竹生孫。晚來何事清人骨，快雪初晴月到門。
平生曠達本天真，秋水芙蕖不染塵。消得江山兒女福，西廬以後更何人。

劭農先生畫贈白描芭蕉立幅喜賦二絕

懶從紅紫鬥嬋娟，玉立亭亭自可仙。正是西風吹過雨，小窗對坐晚涼天。

妙墨常留物外春，一花一葉總清新。名山絕業誰能繼，漫與塵凡肉食人。

姜頴生鈞爲寫吉安室園漫題長句

衡門深閉養幽情，倦客歸來廢送迎。金石有緣期並壽，溪山無地足逃名。琴書羅列尊彝古，花木蕭疏池館清。解得逍遥遊最樂，不愁難遣有涯生。

題畫蘭與實甫

槖筆長安二十年，山林鐘鼎兩無緣。不須更問人間事，老我花叢便是仙。

戊午除夕和吕篙漁陶韻

鑽冰年年恨費思，忽開塵眼見清詩。半生歲月歸須鬢，滿目滄桑付酒卮。聊賦短歌消永夜，漫從薄宦愴羈離。城南弦管春如海，卻勝中原全盛時。先農壇新開爲城南遊藝園。

附原作

爆竹聲聲動客思，一燈兀坐自敲詩。劫餘蹤跡飄萍梗，歲晚心情付酒卮。王粲依人傷老大，退之謀我訴流離。回頭卅載宣南夢，正是趨庭敘樂時。

自喜

從來樗櫟得全真，深悔聰明誤此身，今日徜徉茅屋底，謝天容我作閒人。

西溪草堂作

我愛溪頭舊草堂，未妨三徑十分荒。北窗破爛收風雨，長滿芭蕉盡日涼。

殘菊

短徑餘殘蕊，疏籬漏夕陽。自甘寒瘦相，不解寫姚黃。

題畫與邠野

幾處江村煙樹蒼，秋風瑟瑟葦花黃。清溪恰喜無波浪，容我扁舟泛夕陽。

竹枝行畫與陳師曾衡恪

南山有竹枝，北山有竹枝。樂府裁龍管，漁家繫釣絲。天地生材本無意，偶然顯晦奚足奇。龍管有時裂，釣竿有時遺，何如生筍不成竹，年荒撅食堪充飢。

題畫松竹與張季易惟驤

鐵幹蒼髯自屈蟠，幾枝修篠亦檀欒。好添吾汝山窗裏，四友蕭蕭共歲寒。

霜枝鴝鵒

霜葉飛紅竹葉青，西風一夜起空庭。是非今日從何說，獨上高柯一刷翎。

漫興寄張磊園

老滯江湖跡，少嗟孤露身。寧辭執鞭富，不惜買書貧。對酒歌還哭，臨池筆有神。窮秋正蕭瑟，磊落愧松筠。

秋山蕭寺

蕭寺秋林起薄寒，泠泠幽澗響風湍。寰中是處青山好，可惜勞人不肯看。

項蔚如丈文彦爲寫松泉圖軸漫題一絕

盤空鐵幹欲撐天，落落風霜老更堅。大壑深山人不到，何時洗耳聽鳴泉。

題畫

遙山斂殘靄，淺草迷沙磧。負手立高崗，狂吟楚天碧。

題畫

燕子歸來又一年，絲絲碧柳裊寒煙。山邱華屋須臾事，辛苦營巢亦可憐。燕

一枝棲息午陰清，上下鳴聲覺有情。畢竟貪癡猶未盡，不知何事起相爭。群雀有飛逐相鬥者

緑芷黃蘆映水湄，芙蓉帶雨漸離披。涼風槲葉紛紛下，驚起沙頭白鷺鷥。鷺

梧樹蕭疎竹實枯，恥從雞鶩飽蟲魚。世間有鳳無人識，虛擲黃金買畫圖。鳳

畫梅與胡詩廬 朝梁

襲人無處不芳香，仿佛松林酒肆旁。可惜羅浮春夢短，參橫月落總淒涼。

竹枝雙燕畫與王菉蓀

雨過西風冷客衣，竹枝蕭瑟帶晴暉。含情獨有清秋燕，幾度飛飛不忍歸。

槐陰幽鳥爲王養之作

一覺槐安夢，榮枯亦偶然。何如枝上鳥，日夕鎮相憐。

題畫

桃萼發深紅，柳絲垂淺碧。小鳥許多愁，贏得頭雙白。雙白頭翁

涼風起萍末，返影照沙頭。何日江湖上，忘機狎白鷗。鷗

苦鬥緣何事，相呼未可忘。秋田多滯穗，飲啄且徜徉。鶉

暝色暗菰蒲，蕭寥旅影孤。天涯棲止慎，矰繳滿江湖。雁

新篁幽鳥

石苔蒼潤雨初收，庭草離離又早秋。已覺幽禽身似葉，竹枝婀娜更輕柔。

畫雞與蔭公

山村矮屋足幽棲，天地悠悠物我齊。枯坐小窗無可語，談玄安得處宗雞。

有懷何叔衡琿春兼寄仲衡

回頭官閣聯吟日，忽忽星霜二十年。萬事滄桑餘涕淚，半生哀樂付雲煙。遠違關塞同監稅，小築春明擬學禪時石雪齋將落成。聞說淮南好風景，幾時辦得買山錢。仲

衡時寓淮安。

病餘寄季雲四弟

久病詩書廢，新晴竹木幽。心安能致壽，費省勝多求。風雨孤燈夜，關山一笛秋。照人波浪闊，何處是安流。

太平巷新居四首

幽居喜傍海王村，薜荔爲牆槿作門。眼底滄桑悲世局，閒中書畫遣晨昏。澄懷兀對東坡竹，苦飲長空北海樽。剩欲忘言對賓客，只堪風月與誰論。石雪齋

一從委順任浮沈，日夕聊爲抱膝吟。地僻轉欣塵俗少，身閒常覺屋廬深。名山未有千秋業，避世初酬十載心。臥擁書城吾事足，何須偃息到長林。抱膝吟廬

掃地焚香百慮删，帷深愛聽雨潺潺。披襟欲攬浮雲色，隱几能消竟日閒。慣遣愁懷惟把卷，陡增詩興是看山。筆端塵土無由到，作草臨窗一解顔。聽雨樓

縈紆短徑到蓬廬，一任門稀長者車。出世伊誰喚牛馬，閉關自擬注蟲魚。分泉種竹能忘暑，向日開窗好曝書。紙帳繩床清似水，解衣消受晚涼初。竹隱庵

題畫竹並跋

司馬風流尚未沉，十年粗慰買山心。橫塗豎抹真堪笑，也博西涼十錠金。

黃小松司馬有印曰「賣畫買山」，余深慕其意，然余畫縱賣，亦何能買山？昔夏仲昭工畫竹，名重四裔，海外多餅金懸購之，時有「夏卿一個竹，西涼十錠金」之謠。余近作墨竹二幀，竟爲太西人購去，真可發噱也。

寄唐企林肯霸縣

故園迢遞莽荊榛，何處吾儕息此身。喜有詩書娛蚤夜，絕無榮悴累心神。風塵京洛今猶昔，水竹江鄉夢亦真。我結茅茨君買宅，從今同作北平人。時同卜宅都門。

聽秋聲館兀坐

簾卷西山一片青，晚風穿竹細泠泠。秋來萬事都寥落，惟有松聲最可聽。

題畫竹與延子澄學士

小樓曲室結幽居，茗碗花香足自娱。已得仙源不能住，令人追惜武陵漁。

論竹絕句三十二首 並序

僕自幼小學書之餘，即喜寫竹，忽忽廿餘年，愧不能工。蓋自宋元以來，如文蘇高趙奇絕之跡，不可一二見。而紙筆又與近代迥殊。今欲上追古作，其可得乎？邇年極意搜求名跡，或假觀收藏家，于古人筆法略有所悟，就平日所見而有心得者爲論竹絕句，以識不忘。

寫竹古稱文與可，千年上下有誰如？何人敢作丹青看，竟是張顛大草書。文石室

古之以墨寫竹者，盛于笑笑先生。余藏先生風竹鉅幅，爲孫莘老墨妙亭舊物，神奇雄逸，

意在筆墨蹊徑之外。非先生精于草書，曷能如是？晨夕晤對，宛然置身於湘潭澧浦間也。

振筆直遂縱復橫，洋州一派在彭城。虛堂兀對淒清甚，仿佛風篁嶺上行。蘇雪堂

余藏文忠墨竹，亦墨妙亭物。縱橫豪放，不減石室。《東坡集·文與可畫篔簹谷偃竹記》：「畫竹必先得成竹於胸中，執筆熟視，乃見其所欲畫者，急起從之，振筆直遂，以追其所見，如兔起鶻落，少縱則逝矣。與可之教余如此。與可自洋州還，而余爲徐州。與可以書遺余曰：『近語士大夫，吾墨竹一派，近在彭城，可往求之。』」風篁嶺多竹，風韻淒清，至此林壑深沈，迥出塵表，流淙活活。自龍泉而下，四時不絕。嶺故叢薄荒密。元豐中，僧辨才淬治潔楚，名曰「風篁」。予訪辨才龍井，送至嶺上，左右驚曰：「遠公過虎溪矣。」辨才笑曰：「杜子有云：『與子成二老來往，亦風流。』」遂作亭嶺上，名曰「過溪」，亦曰「二老作詩紀之」。

神清骨俊承羲獻，老去香光歎罕儔。瘦竹幽蘭飛白石，風流餘韻亦千秋。趙松雪

黃山谷云：「湖州寫竹木用筆甚妙。而作書不逮吳興，乃以書法寫竹，故非他人能及。」曩見其枯木竹石卷，自題云：「石如飛白木如籀，寫竹還於八法通。若也有人能會此，方知書畫本來同。」董香光跋其書札云：「文敏書自右軍、大令後，直接宗派，非唐人所及。」其推

崇可謂至矣。

鷗波亭下水如天，安用拈毫寫渭川。曲折苕溪三百里，靜含寒雨濕蒼煙。管仲姬

管夫人萬竿煙靄圖水墨，作細竹沙渚遙浦，其間煙霧橫迷，萬玉幽深，欵書至大元年春三月廿又五日，爲楚國夫人作於碧浪湖舟中，吳興道昇。又見內府藏元人集卷，有細竹一段極雲煙縹緲之致，寫葉秀逸，但不類竹，殆雲林所謂爲麻爲蘆耶？

尚書作竹與書同，不落尋常蹊徑中。七字鷗波足高詠，蕭蕭寒碧起秋風。高房山

高克恭字彥敬，官至刑部尚書。墨竹天下不減文湖州。松雪題其畫竹云：「高侯落筆有生意，玉立兩竿煙雨中。天下幾人能解此，蕭蕭寒碧起秋風。」

從來畫竹祖湖州，宗子群推李薊邱，真妙昆山更兼擅，千秋一脈續風流。李息齋

吳師道集文與可、蘇子瞻仙去二百年，墨竹一派，今薊丘李公得之。其意命筆天趣，冥會等而置之，未易優劣也。歸文休跋夏太常竹卷云：「古云與可之竹妙而不真，息齋之竹真而不妙，其於竹理微矣。三百年來，而有仲昭，真具寫生妙手。」

欹枕朝朝對墨君，逸情奇趣自空群。平生酷愛丹丘子，神妙書家王右軍。柯敬仲

余見丹丘墨竹新梢一幀，自題云：「此法極難，非積學之久不能也。」又見墨竹譜鉅冊，查梅壑跋云：「丹丘博士墨竹神妙，如書家之有右軍，橫見側出，曲盡能事。」信然。

自富檀欒瀟洒姿，襟期高潔亦吾師。清風白月山窗下，想見先生奮筆時。吴仲圭

梅道人寫竹，得石室神髓。爲人抗簡孤潔，以教授賣卜自給。從其取畫雖勢力不能奪，惟以佳紙筆投之案格，需其自至，欣然就几，隨所欲爲乃可得。曩見族兄桂琋大令藏墨竹卷，自題云：「野竹野竹絕可愛，枝葉扶疏有真態。生平素守遠荊榛，走壁懸崖穿石罅。」「虛心抱節山之阿，清風白月聊婆娑。寒梢千尺將如何，渭川千畝風煙多。」

筆札端凝御服碑，寒柯瘦石亦清奇。獨傳九疊吴興法，低首東淮顧定之。顧定之

顧安，字定之，號迂訥居士。東淮人。爲泉州路判官。大字遒勁，法趙承旨，張寧《方洲集》云：「趙松雪寫竹九疊法，後世惟九龍山人得之。息齋而下弗論。此幅顧定之所寫，揮毫用墨，澹潤老爛。今百餘年，相對如雨窗，凝睇之時，雖孟端恐未易與。」余藏絹本大軸，竹作細竿，

從坡直掃至頂，節葉瘦勁，筍草坡石悉盡筆墨能事，左端有張士行紳題詩，士行號雲門山樵，書法松雪，精鑒賞，亦工寫竹。

爲蘆爲竹任人呼，神韻真能壓士夫。聊寫胸中逸氣耳，直斜疏密不關渠。倪雲林

雲林山水稱逸品，爲元季第一。偶爾寫竹亦有逸趣。《雲林集》題畫竹云：「以中每愛余畫竹。余之竹聊以寫胸中逸氣耳，豈復較其似與非，葉之繁與疏，枝之斜與直哉？或塗抹久之，他人視以爲麻爲蘆。僕亦不能強辨爲竹，真没奈覽者何？但不知以中視爲何物耳。」

幹篆枝行節隸書，山人妙喻古今無。當時海內推能事，誰解胸中富五車。王孟端

九龍山人博學工詩，寫山水竹石，妙絕一時。嘗云：「畫竹之法，竿如篆，節如隸，枝如草，葉如真。」《恬致堂集》稱其於倪徵君、柯博士二家斟酌損益而爲之，是以有倪之逸，無其疏野；有柯之雄，無其伉浪。文衡山云：「其人品特高，能不爲藝事所役，雖片紙尺縑，苟非其人不可得也。」

往事淒涼不可思，山陽斷葉恐無遺。只今惟有南禪雨，猶似當年從筆時。徐幼文

幼文工書畫詩，時稱十才子之一。官河南布政，以軍征洮岷，道其境坐犒勞不時，下獄死。此幅與高青邱遇雨，同宿南禪寺之作。題云：「欲瞑投僧舍，風將雨忽來。幽懷與詩思，都被竹聲催。」青邱題云：「風雨南禪夜，那堪聽竹聲。燈前同酒客，俱有感懷情。」

聞說四明金太僕，能將篆法寫雙鉤。開元石刻銷沈久，覩此如對萬戶侯。金本清

金湜號太瘦生，又號朽木居士，鄞人。正統辛酉舉於鄉，以善書授中書舍人，官至太僕丞。竹石甚佳，鉤勒竹尤妙。書法篆隸行草綽有晉人風度。續書畫題跋云：「昔人畫竹咸用鉤勒，若王輞川、黃筌父子輩尤臻其妙。」李衎《竹譜》謂：「右丞開元石刻屢經橅勒失真。」

工脫胥能失竹真，伊誰善寫此君神。銀鉤鐵畫崑山老，繪史應傳一代人。夏仲昭

有明以來，工畫竹者無慮數十百家。大都各有偏勝，求其理法意兼擅，王孟端後，惟太常一人。結體用筆，有從心所欲不踰矩之妙。而淵雅靜穆，無一毫畫史習氣。余藏太常淇澳清風長卷，作於天順二年，爲老年之筆。出稍疊葉，變化無窮，泉石苔草深穩蒼厚。後有錢溥長題：「溥字原溥，與太常同時官至吏部尚書，工書，小楷尤精，極似鍾紹京。」戴鹿床《題畫偶錄》云：「夏仲昭墨竹銀鉤鐵畫，一時之傑。」

是真於畫見書法，葉舉枝掀與字同。解得衡山三昧手，驚蛇飛鳥滿胸中。文衡山

邵寶題衡山畫云：「於畫見書法，蕭然無滯情。君看片石畔，叢竹忽然生。山谷詩眼入，毫端寫竹真枝掀葉舉是精神。」懷素師論草書云：「其痛快處，如飛鳥出林，驚蛇入草。」余藏待詔臨松雪翁竹蘭橫幅，精妙絕倫，與松雪石本同裝一卷。松雪此本寫與顧善夫者。

清談妙墨晉風流，畫竹還同王澹游。滄海成塵天倚仵，寒林留得數竿秋。朱蘭嵎

朱之蕃字元介。萬曆二十三年，乙未臚唱第一，仕至少宰。竹石兼東坡、與可之妙。使朝鮮盡却其贈，居平不事生產，惟喜法書名畫，牙籤玉軸，埒於寶晉。余藏絹本小軸，作於萬曆二十年壬辰。雖爲率意之筆，而枝葉瀟洒，不染纖塵，蓋其人品之高，故得幽淡之趣如此。

寫得琅玕萬尺長，青州逸叟有青方。亭亭枝幹風流處，伯仲崑山夏太常。馮青方

馮起震，字青方，山東青州人。工墨竹，狂放不羈，自成一格。余藏軸一、卷一，寫竿疊葉頗似仲昭。

博學能文髯道人，華山結屋好藏身。功名於我真塵土，放筆禪房寫瘦筠。朱白

民

西空老人，吳諸生，性至孝。甲午擬元不中，謝去奉親隱居。寫竹法文、梅兩家，韻致瀟散。工古文詞，博學閎覽，尤邃於《易》。晚年結屋華山蓮子峰，參求宗乘，屢空晏如。余藏長卷極蒼逸瀟洒之致，書法二王，老健有古意。

清興豈緣風雨發，豪情自與古人同。酒醒茶熟初開卷，恍在千巖萬壑中。歸文休

假菴太僕有光孫，山水法倪黃。十歲能詩，發憤爲古文，書法晉唐，善草書，工印篆。余藏墨竹長卷，長巖邃谷，氣象萬千。自題云：「乙亥上巳大雷雨，兀坐假菴，見案頭素卷，輙呼筆墨作淇園萬緑，颯然如秋，亦是閒中一適。」《東坡集》：「昔時與可墨竹見精練，良紙輙奪筆，揮洒不能自己。」

王侯悟得湖州妙，寫竹真同寫草書。葉葉錐沙竿削玉，縱横健筆更誰如。王覺斯

孟津書法二王，尤長行草。張浦山云：「其用筆險勁，有錐沙印泥之妙。」明萬曆二十年壬辰生，順治九年壬辰卒，年六十有一。此幅於順治八年辛卯爲洪承疇作，魄力沈雄，邱壑峻偉，與可之妙，息齋之真，兼而有之。

梅盦遺法屬滄州，分箇飛揚似點鷗。不獨叢林盡真態，一枝掠地更清遒。戴道默

戴明說字巖犖，滄州人。工詩古文。官至尚書。墨竹飛舞生動，得吳仲圭法。余藏立軸二幅，坡石苔草，蒼老雄貴，竹葉紛披，尤爲超絕。

詩好官卑鄭克柔，家書幾卷足千秋。更將健筆留蘭竹，不作人間第二流。鄭板橋

寫竹自文與可以來，用筆結體大抵相同，惟板橋翁別創一格，而俊逸之氣自足千古。畫蘭清勁秀逸，爲所南後一人。余藏竹蘭四幅，馳騁於法度之中，瀟洒於筆墨之外。有增一筆不可，少一筆不可，如初寫黃庭，恰到好處。太谷趙鐵山所藏四幅，用筆亦同。三十年來所見只此，至其贋鼎所在，多有粗獷，不足道也。

枯枝屈曲鐵鈎鎖，老葉杈枒金錯刀。試把家山移筆底，渭川風雨戰秋濤。馬觀我

馬豫，字文湘，綏德人，家於金陵。康熙四十五年丙戌進士，官至侍讀學士。墨竹脫去時，習枯竿新筍，各有風趣。余藏絹本大幀，作於康熙五十七年戊戌，李後主筆法稱鐵鈎鎖。又書作顫筆樛曲之狀，遒勁如寒松霜竹，謂之金錯刀。此本葉法似之，而坡石澗水，曲盡能事，真

傑作也。

筆健才雄南皐老，萬竿烟雨亦奇哉。生逢海宇承平日，日寫雲根換米來。 高西園

南皐山人穎異博學，於畫無所不能。曩見萬竿煙雨一幀，蒼潤奇古，得未曾有。而山人宦跡多年，清貧如故。余藏其畫石冊，題云：「自客歲從江南以老病歸，拙游之餘，日就枯稿。閱歲壬戌，便已幾不可支。殘冬苦凍，典裘購薪。甥姪輩謀之不慎，遂爲老長兄所知，已而漫有投贈，慨切殊不可却。時方畫冊換米，初成尚未有所去，即爲題而答之。吾知兄雅鑒，定當不減吳興好事者一笑，付米家舡矣。」讀此可以想見其人，今世得其寸縑尺楮，往往珍異視之，蓋亦重其品節之高也。

殘枝斷葉劇蕭踈，盡態尤難風雪餘，丹丘不作梅盦邈，古法猶傳諸日如。 諸曦菴

曦菴寫竹功力甚深。《青在堂蘭竹譜》即出其手。雪竹尤擅盛名。余藏雪竹一幅，多寫半葉，以淡墨烘成整葉，猶古法也。與所藏文與可雪竹法同。

積墨如山微白分，道君奇構久無聞。不圖七百春秋後，忽見儀徵尤水村。 尤貢父

《畫史彙要》云：「宋徽宗作墨竹，緊細不分，濃淡一色，焦墨叢密處，微露白道，自成一家。」余藏水村墨竹對幅，爲朱笥河舊物。跋爲：「太歲在著雍閹茂七月七日見贈，笥河居士記。」亦叢密一色，焦墨有祐陵遺意。宋建中至乾隆戊戌，計六百八十六年也。

早歲雕鎪擅盛名，白頭寫竹寄幽情。何當著我茅亭裏，臥聽風聲更雨聲。周芷岩

周顥，字晉瞻，又號尭峰山人，晚號髯癡。嘉定人。孤介絕俗，種菜自給，書畫竹刻名聞海內。余藏溪亭竹趣便面，蒼秀瀟灑，允稱合作。

率真朴健白菴詩，餘事尤能寫竹枝。細玩猛盦欣賞語，披圖真箇不吾欺。吳白庵

吳照字照南。南城人。著有《聽雨齋詩集》十二卷。義州李文石先生跋其畫竹云：「余與江西詩人不甚喜藏園，而雅愛二吳先生。然蘭雪雖負重名，而晚年格稍弛矣。朴健真率，允推白庵，書法亦如其詩，墨竹尤勝。」余藏竹泉圖立軸，於朴健真率極有合處。

天真幽逸古人難，此老從容出筆端。絕似艤舟湘水上，萬竿如玉拂雲寒。陳雨人

陳霖畫在石田、白陽之間。余藏細竹便面二，一作於嘉慶元年，一作於七年。秀逸蒼渾，

妙絕一時。

三絕山人擅勝場，即論品格亦倪雲林王孟端。康乾老輩凋零後，獨數通州煮石房。樊主實

寫竹自板橋後，竟無專家。通州樊主實道士，鎮號煮石山人。詩書畫幷工，著有《來鶴山房詩集》。於書宗松雪，清勁深厚。寫蘭竹稱逸品。爲人孤潔絕俗，書畫不苟作，故流傳甚少，而名不出於通州，世無知者，悲夫！

餐英遺筆劍鋩銛，妙諦都教信手拈。不愧竹中精猛將，前身應是魯千巖。潘梅園

梅園觀察駿德，旌德人。畫竹勁利，得魯孔孫法。著有《餐英館畫竹稿》。孔孫一號千巖，寫竹發竿爽勁，掃葉清利，李竹懶稱爲「翰墨中精猛之將」。余藏觀察晴竹一幀，結構謹嚴，墨氣妍潤。

畫竹誰爲老斲輪，讀書萬卷自通神。數竿傳得斯冰法，豈是尋常點筆人。靈昭

靈山，字石溪，一號靈昭。工寫蘭竹。此幀筆意圓勁，純用中鋒，蓋得力於篆籀者。款字法松雪，亦清勁可喜。

憶紅梅閣竹畫與夢鯨先生

十年不到紅梅閣，閣外脩篁應若斯。焉得移根種京國，一枝瀟洒引輕飈。

藤花下作即畫與邱壽丞

拂漢披雲散遠芳，紫藤花下任徜徉。空山樗櫟寧無用，引得纖條萬尺長。

聽雨樓曉起作

危樓一角靄朝暉，薜荔緣牆翠作圍。窗滿嵐光知樹瘦，門稀車轍任苔肥。嚴遵賣卜心常足，王粲依人計已非。目極天南正多事，故園雖好不須歸。

劭農海珊兩翁招同金叟筱山王叟鐵珊郝叟雲樵暨馮伯玕李潤田集東安酒樓

高樓百尺近東華，乘輿登臨坐日斜。三月深寒宜竹葉，四山微雪損桃花。清言自足酬良夜，勝友疇能賦落霞。漫憶江鄉鳜鱸美，那勝雞脯問蘆芽。

四十初度作

俯仰勞生四十秋，壯心都付水東流。論詩自昔耽王孟，入世從人喚馬牛。亦有所長非委瑣，漸能知命任沉浮。有書不讀平生恨，十丈黃塵撲馬頭。

與北樓龍樵合作古木寒鴉

落日亂歸鴉，寒山晻殘靄。空亭寂無人，野竹發清籟。

讀張仲治集戲題

剪燈細讀船山集，悵悵西風兩鬢絲。四十功名猶未立，不知何日是歸期。船山有句云：「三十立功名，四十退山谷，不見兩鬢霜，英雄死亦足。」

題畫寄王希哲光烈

輕風搖竹拂闌干，歷亂階頭碎影寒。安得清秋有閒日，與君把酒月中看。

畫松梅寄熊季貞

瘦勝梅花健遜松，浮生四十已龍鍾。彈棋賭酒情都怯，獨到揮毫未暇慵。

庚申元夕對月作

庭前翠竹影離披，窗下紅梅發幾枝。玉宇無雲人語靜，忍寒相對立多時。

觀沈述唐所藏王劭老畫墨花扇口占一絶

不用胭脂點絳紗，霜毫濡墨寫蕉花。白陽寂寞青藤邈，遯叟風流自一家公晚號黃山遯叟。

秋夜不寐

擁絮茅檐下，冥思萬物情。雲寧有意出，風豈不平鳴。落葉散還聚，孤蟾寒更明。生來瀟洒性，酷愛聽秋聲。

周養菴招飲其西山園林鹿巖精舍

春深躡屐訪松關，退谷風流樂可攀園爲孫退谷遺址。懶問世情甘伏枕，爲尋畫稿飽看山。泉聲樹色塵襟滌，鶴唳猿吟客夢閒。我欲移家住西澗，乞分流水碧潺潺。

拾翠溪頭逢古洞，攀蘿嶺腹入茅亭。山高不礙雲飛絮，水暖閒看鷺刷翎。學弈未能慙袖手，深杯相值漸忘形。虛堂應不愁孤寂，坐對眉峰晚更晴。

辛酉八月十四日望月作

碧天如水月光寒，萬籟蕭蕭獨倚闌。莫放今宵容易過，一生能得幾回看。

中秋夕雨用前韻

暗風吹雨逼人寒，兀對殘燈夜欲闌。萬事悠悠寧可料，月華猶幸昨宵看。

題九歌圖

繡褫錦贉足清娛，適志江湖一棹孤。應與靈均遺哀怨，旅窗閒寫九歌圖。

題俞滌煩明蓮塘晚泊圖

落日蒼茫溪柳暗，晚風搖曳渚蓮開。山塘雨過餘殘暑，獨倚蘭橈待月來。

微雨復晴坐聽雨樓作

雨歇青山餘夕靄，風翻落葉滿空階。眼前佳景拈來是，難得朝朝有好懷。

題道與上人所藏戴醋士龍泉檢書圖卷子

策杖來孤寺，開緘對夕陽。龍泉終不朽，世事任滄桑。

題畫竹贈劍秋先生

昔年同客瀟湘曲，萬緑蕭森作畫看。今日拈毫來紙上，小窗風雨不勝寒。

出門

十年湖海悲雙鬢，寥落天涯又此行。澎湃河聲鳴斷岸，昏黄日色冷孤城。遠依洲渚寧長策，一别京居負短檠。定買扁舟作歸計，故山猿鶴漫相輕。

聞雁

畿南苦旱無餘粟，寒北窮兵啟寇氣。一夜北風寒透骨，嗷嗷哀雁不堪聞。

自責

一舸江湖又早秋，鋤犁身世轉悠悠。何須看到飛鳶墜，始念平生馬少游。

黄山遯叟詩畫方之新羅山人何多讓焉近有以千金致秋岳兩卷者世俗好奇真知難得悵然賦此

真知自古原難得，習俗爭奇可奈何？堪笑世人都耳食，千金兩卷買新羅。

超逸山人自可貴，清新遯叟亦吾師。誰言古人不能及，俗眼紛紛那得知。

程魚門太史曾寓火神廟夾道今名太平巷**其移居詩云勢家歇馬評珍玩冷客攤錢得故書余新居即其故址**

莪園故宅卜新居，文采風流愧弗如。一事與公緣不淺，舊藏猶有手鈔書藏有太史手鈔選本《文選》一冊。

重游周退翁壽安山別業

一年一度飲清流，滌盡京華萬斛愁。只合退翁居退谷，功成名遂復何求。

石磴嶙峋積翠苔，攬衣拾級重徘徊。危巖小立清心骨，一片松聲入耳來。

曲折流泉爭赴澗，嵯峨怪石喜當窗。畫圖更欲添新本，萬樹桃花鶴一雙。
客去尚饒群鳥樂，車迴猶惜遠山青。天然一幅雲林畫，幾簇疏篁映草亭。

題蜂猴竹枝

攀援覓食竿頭去，及到竿頭轉覺危。何似黄蜂生計穩，百花成蜜不悉飢。

題松雪翁與中峰和上十一札後二首

酷暑長途與死鄰，卅年夫婦尚如新。第四札云：「得旨南還，何圖病妻道卒，哀痛之極，不如無生。酷暑長途三千里，護柩來歸，與死爲鄰。」第五札云：「平生得老妻之助整卅年。一旦哭之，豈特失左右手而已耶！」第六札云：「孟頫與老妻不知前世作何因緣，今世遂成三十年夫婦，又不知因緣如何差別，遂先棄而去，使孟頫栖然无所依。今既將半載，痛猶未定。」豈惟妙蹟千秋冠，如此深情有幾人？
語語真誠出肺肝，一回展誦一悲酸。會當臨寫百千卷，留與人間薄倖看。

爲浣華題秋宵訪桂圖便面

帝京觸目成桑海，客館澄懷有管弦。瀟洒心情猶少日，愛花常好月常圓。

思歸

浩蕩關河雁一聲，半生湖海別離輕。秋風忽動蓴鱸思，已是中年以後情。

蟬

與世已無爭，飄飄一羽輕。曉風殘月裏，何事不平鳴。

辛酉重陽天安門道中作

國門依舊聳嵯峨，十載回頭一刹那。斜日照殘官路柳，西風吹落液池荷。好書每向車中讀，佳節偏從病裏過。擾攘京塵堪歎息，幾時煙月老漁蓑。

凌雲仙館偶題 並序

凌雲仙館，先大夫讀書處也。余平生喜治事，蚤夜無片刻閒。光緒戊戌間，養疴於此時作午眠，亦覺有餘味。今忽忽廿餘年矣，陡憶前塵，惘然久之。

人事悠悠兩鬢絲，舊遊佳處最堪思。半窗斜日茶煙起，正是初醒午夢時。

坐月

古木雜新篁，山園足幽境。夜午未成眠，淡月弄清影。

落花

好花珍重著高枝，一別東風不自持。墜溷飄茵誰管得？鷓鴣啼斷雨絲絲。

乞王劭老畫荷柳

上林苑裏三眠柳，太華峰頭十丈蓮。覓得澄心堅白紙，乞公收拾到毫巔。

獨坐

孤松挺清秋，野竹滴新雨。獨坐抱瑶琴，高山爲誰撫？

偶見壁間煮石山人畫竹

道人畫竹不專師，變化猶龍任所之。何事悮投傖父手，乘雷破壁恐無時。

題令茀墨花冊

林下清風自一家，未容雕琢事鉛華。世間紅紫還嫌俗，寫出天真幽淡花。

題畫與寄觀

小窗夢覺茗煙斜，古木殘陽集暮鴉。近喜塵心收拾淨，一樽清酒對黃花。

題畫寄劉笠僧

側身天地似浮漚，勇退從來尚急流。一自淵明賦歸去，青松黃菊亦千秋。

題畫扇寄吉六

涼月離邊蟲語細，西風江上雁來初。十年湖海嗟離索，望斷劉公一紙書。

題滌煩臨錢玉潭嬰戲圖

犀顱玉頰寧馨子，阿堵傳神喚欲應。設色清妍行墨古，人間合有兩吳興。

題穎淑清溪釣艇圖

江樹江雲動遠思，輕舟一櫂向天涯。對君此畫意瀟洒，絕勝溪亭獨坐時。
遠岫斜陽淡欲無，秋風蕭瑟戰蒲菰。湖山秀氣鍾椽筆，竟似孟端漁隱圖。
忍把浮名換卻閒，平生心事一漁竿。知君不寫羊裘叟，恐若時人着意看。
煙月扁舟泛五湖，久將軒冕付泥塗。他年若訪天隨子，更寫篷窗瀹茗圖。

自寫細竹便面

曠懷欲擬倪元鎮，逸事何慚王孟端。寫得娟娟少陵意，香溫茶熟自家看。

題俞滌煩畫紈扇士女

梧樹蕭蕭動薄颸，手拈紈扇漫沈思。棄捐中道君休憾，明月團圞有缺時。

海燕

滄海靜斜暉，參差乳燕飛。人間兄與弟，那得此依依。

竹枝幽鳥爲吳叟雁客作

幾竿脩竹繞階栽，宿雨初晴筍破苔。深院無人春晝靜，數聲幽鳥過牆來。

題畫

南國春風早，寒梅處處開。暗香人不見，幽鳥入林來。
蓼渚晚風徐，幽禽戢翼初。江湖漁綱徧，何處更求魚？
秋水漫黃蘆，晚煙籠翠篠。願爲海上人，忘機狎漚鳥。
矯矯雲中鶴，蒼蒼澗底松。何時屏塵累？邱壑試相從。

再題清溪釣艇三首用漁洋題查夏重蘆塘放鴨圖韻

清溪一夜雨空濛，曉起船頭理釣筒。得失忘懷欣壓盡，相知獨有信天翁。
蘭橈日日駐湖濱，苦向秋風憶紫蓴。我感萍飄君絮泊，相看俱是未歸人。
篷窗兀坐對茶輕，雨笠煙蓑入窅冥。廿載江湖苦岑寂，誰爲點筆寫樵青。

滌煩爲寫清溪漁隱圖便面漫題三絶仍用漁洋韻

罨畫溪山煙雨濛，旅窗清課有詩筒。扁舟載得桃根去，絕勝孤山放鶴翁。
倚棹徜徉水石濱，清秋永日飯鱸蓴。眼前熙攘知多少？可似荒寒畫裏人。
平生滄海歎深經，天末飛鴻本自冥。無限幽懷不能寫，高吟澤畔草青青。

石雪齋詩稿卷三

遂園即事寄四弟長春

臥看歸雲縱復橫，葦簾竹簟不勝清。鵓鳩聲裏斜陽淡，菡萏香中暮雨晴。掩卷漫勞悲往事，讀書原不爲今生。思之爛熟惟高枕，白髮青燈兩弟兄。

題衡亮生所藏松雪翁與夫人仲姬仲子雍合作竹枝卷子二首

密葉踈梢並絕工，千秋福慧許誰同？人生知己渾難得，況在紅窗翠幕中。
千里湖山供畫本，一門詞翰擅風流。王侯螻蟻須臾事，此卷悠悠五百秋。

自題畫扇

要得閒時便可閒，未聞巢父買青山。十年孤負江湖釣，坐對沙鷗覺厚顏。

題畫十二首

玉楝雕梁轉眼非，故巢零落適安歸。可憐淺水斜陽外，銜破寒煙翦草飛。燕

涓涓流水漱清溪，嫩芷新蒲一色齊。倒是東風解人意，緑楊深處語黃鸝。鶯

正是春光最好時，長安忙殺鬬鷄兒。不知人世嬉游事，恃氣虛驕卻爲誰？鷄

開元盛事今休說，異夢前知亦可傷。滿樹紫藤花似錦，衹宜斜挂雪衣娘。鸚鵡

巧語人前莫漫矜，金籠深鎖可憐生。彌陀六字朝朝誦，何似山中自在鳴。鴝鵒

雲飛水宿徧天涯，葭葦叢中好作家。一任人間風土惡，平生不負白袈裟。鷺

往來人事成今古，丁令歸來百感深。獨有芭蕉滿山谷，年年依舊展清陰。鶴

百尺梧桐秋氣高，世無阿閣漫營巢。江湖牢落同凡鳥，安用丹青炫羽毛。墨鳳

淼淼江湖秋水生，寂寥幾處有炊秔。扁舟漫向蘆深泊，愁聽嗷嗷鴻雁聲。雁

一年容易又西風，寥落霜枝綴淺紅。日對黃花憐晚節，山中惟有白頭翁。白頭翁

日落平原散鳥禽，北風槭槭起寒林。一枝暫借江干宿，莫墮雲霄萬里心。鷹

寒林一帶隱荒祠，漠漠山雲凍不移。積水欲冰天又雪，忍飢相倚立枯枝。鴉

書華譚傳後

尊榮視敝屣，性命競釐毫。人之相去間，豈啻九牛毛。口辯重一時，觖望歎所遭。汲黯積薪言，何似巢由高。

題唐林藻深慰帖二首 並序

唐林藻，字緯乾，莆田人。貞元進士，官至殿中御史。閩之登第自藻始。平生只傳《深慰》一帖，載《宣和書譜》，稱其「作行書婉約豐妍，得智永法」。歷刻「星鳳樓」「戲魚堂」「停雲館」「寶褉室」「壯陶閣」諸叢帖。明安南平刻本亦精。《容臺集》云：「緯乾書學顏平原，蕭散古淡，無虞褚輩妍媚之習，五代時楊少師特近之。」朱存理《鐵網珊瑚》、文衡山《莆田集》、陸時化《吳越所見書錄》、齊子治《見聞隨集續筆》、阮芸臺《石渠隨筆》均著錄。其世系本末，莫詳於陳頌南《籀（整理者按：「籀」原誤作「籒」）經堂集·復劉位坦書》。余於宣統辛亥秋得於京師，築林亭於通州藏之，并刻石其中。丁巳二月，林畏廬先生爲作《林亭圖》於卷末，筆墨超逸，蓋得其時之合也。錄其長題於左：「七閩濱海成殊方，吾祖寶若開洪荒。殿中君更負絕藝，追逐虞褚名中唐。蘭亭繭紙入秘府，弓劍同付昭陵藏。殿君書脉紹智永，丰妍婉约追二王。宣和收攬竭海內，牘秩林軸森奇光。烏珠鐵騎飲汴水，秘笈乃逐腥風飏。此帖若有神鬼護，片紙乃末蠹蟫傷。香墨拓本已難得，況復真蹟披琳瑯。徐君好古世所罕，構亭置石歸江鄉。我聞原石屬江氏，今刻或且還維揚。裔孫再拜展遺墨，緬懷祖德神徬徨。圖亭紙上未云遂，刻名願附林亭傍。丁巳二月敬觀御史公真帖並作《林亭圖》於其後，裔孫紓敬題。」

殿中絕藝重南閩，畏叟長題亦可珍。婉約豐妍真定論，永師法乳屬斯人。
千秋深慰傳孤本，古淡蕭疎足典型。莫憾荒城日寥落，看碑人定滿林亭。

題李狷厓紫泥菴補印人傳

門徑清嚴無雜賓，筆牀琴薦不生塵。能爲刻畫真吾幸，竟作飛鴻傳裏人。傳前有印譜存目，今人惟錄李倫闇及余。
論書論畫饒真解，博識奇才曠代無。風雨一樓成逸史，不教鐵綱漏珊瑚。君著《清代書畫史》已脫稿。

踈散

剩水殘山幾劫灰，興來聊復坐莓苔。一邱一壑堪高卧，踈散原非用世才。

梅

寒如東野句，瘦似率更書。幽絕山窗下，羅浮夢醒初。

聞笛

靜夜山堂萬籟清，平生憔悴爲多情。中年自易傷哀樂，怯聽鄰家笛數聲。

題畫

樹色暗殘陽，山光滌塵慮。空堂獨坐人，清賞向誰語。

題畫竹與雪菴上人

偃臥危樓百尺高，元龍湖海氣能豪。何時同作瀟湘客，風雨篷窗畫石濤上人工畫，宗大滌子。

題李易安看竹圖小像並序

宣統辛亥，得易安居士小像於京師。圖高營尺五尺八寸，闊二尺六寸五分，有周二南詩跋。易安晚節，世多訾議。盧抱經整理者按：「經」原誤作「孫」、俞理初、金偉軍三先生，已爲之辯誣。復徵題於樊山、仁安兩先生，藉雪其冤。同時，得王幼霞、錢訥蘧兩刻本《漱玉集》。訥蘧附錄二卷，考證尤詳。余覽其詞，悲其遇，爲重書影印，索俞滌煩撫看竹圖小照冠於卷首，並錄諸題於後，發潛闡幽，庶幾無憾，漫綴一絕，用志欣快。

高節淩雲自一時，嬋娟已有歲寒姿借東坡句。霜竿特立誰能撼，寄語西風莫浪吹。

題李易安遺像并序

李清照，自號易安居士，濟南格非之女也。幼有才藻，爲詞家大宗，嫁趙明誠。明誠好儲書，籍作《金石錄》。考據精鑿，清照實助成之。遭靖康亂，圖書散失，避亂於越。明誠卒，乃作《金石錄後敘》，自述其流離狀，人皆憫之。按：明誠，諸城人，而家於青。此圖之在諸城也宜矣。觀其筆墨古雅，迥非近代畫手所能及，或即當時真本，亦未可知。第不知何年藏於縣署樓中貯以竹筒，爲一邑紳所得，寶而藏之。今又入其邑裴玉樵手，携歸濟南，得快瞻數百年故物，不可謂非深幸也。披覽之餘，並系短章，以志景仰。道光庚戌重九日，歷下周樂二南識。

曲眉雲髻屏鉛華，漱玉詞高自一家。幾閱滄桑遺像在，果然人瘦似黃花。
金石搜羅未覺疲，香焚燕寢伴唫詩。披蓑頂笠裝尤好，風雪循城覓句時。
重敘遺編感故侯，艱難歷盡幾經秋。淒涼柳絮泉邊老，漫妒才人謗不休。

題李易安遺像並序

丁巳小春，武進徐君養吾以所藏易安居士小像見示徵題。道光庚戌，周二南詩跋謂「趙明誠籍諸城而居於青。此圖設色古雅，或即當時原本，不知何年貯以竹筒，藏於諸城縣署，後爲邑紳某所得，今又轉入濟南裴玉樵家」云云。易安生於北而歿於南，此圖閱八百年，復由濟南而入於吳，倘亦艷魄有靈，不忘江南煙水故耶？易安才高學贍，好詆訶人，遂爲忌者誣謗，幸得盧雅雨、俞理初輩均爲之昭雪。其所爲古詩，放翁、遺山且猶不逮，誠齋、石湖以下勿論矣。寒夜無俚，爲製長句以雪其冤且伸夙昔論斷之意云爾。樊山樊增祥識。

趙侯一枕芝芙夢，難得鴛衾詞女共。金堂茶事見恩深，錦帕梅詞覺情重。亭亭玉立傾城姝，文采風流蓋世無。自信貞心貫金石，浪言晚節失桑榆。父爲元祐黨人最，母是祥符狀元裔母王氏，拱辰女孫。外氏親傳懿恪衣，小時熟讀名園記。歸來堂裏小鴛鴦，翁佐崇寧政事堂。郎典春衣攜果餌，妾鬮珠翠市琳瑯。古今無此閨房艷，攜手成歡分手念。無錢悵憶牡丹圖，惜別悲吟紅藕簟。乘輿北狩太倉皇，猶保餘生守建康。煙水吳興教管領，圖書東武半存亡。此時間道趨行在，六月池陽具鞍轡。目光如虎射船窗，不作世間女兒態。秋雁銜來病裏書，深憂痁作誤苓胡。江路蘭橈三百里，舊思錦帳卅年餘易安以十八歸趙明誠，四十七而寡。旅中相見憂還怖，瘧痢沈綿傷一豎。當年顧影比黃花，今日招魂埋玉樹。從此流移歷數州，縹緗彝鼎付沈浮。故知富貴能風雅，無福雙棲到白頭。紹興壬子臨安寓，已了玉壺蜚語事。一篇後序二千言，霧鬟風鬢五十二。序文詳密媲歐蘇，語語蘼蕪念故夫。隻雁何心隨駔驓，求凰誰見用官書？才高眾忌人情薄，蛾眉從古多謠諑。歐陽且有盜甥疑，第五猶蒙簩翁惡。眼波電閃無餘子，謗議由人亦由己。積怨龍頭張九成，偽投魚素綦崇禮。知命衰年宰相家，肯同商婦抱琵琶？憔悴已同金線柳，荒唐誰信碧雲騢。姿才俊逸由天授，太白東坡比高秀。憶隨夫壻守金陵，已是思陵南渡後。騎出江天白鳳凰，雪中戴笠金釵溜。歸倒奚囊索報章，西風吟得蕭郎瘦。晚年僑寄金華城，明燭搖窗博事興。玉軸三千俱掃地，海棠重五尚投瓊見《打馬圖經》。曹蘭謝絮猶難匹，萬古閨襜推第一余之夙論如此。松年肖胄兩篇詩，南宋以來無此筆。妙繪猶傳墨竹圖，綺詞欲奪金荃席。龍輔粧樓枉費才，鷗波柔翰慚無力。今見芙蓉出鏡中，姑山冰雪擬清容。孤嫠八百年來淚，重灑蒼梧夕照紅。

題李易安畫像天津王守恂仁安

一代文宗作女師，更從絹本得風姿。巖巖正氣朱元晦，未見吹求有貶詞。五十孀幃已白頭，愴懷家國不勝愁。我朝自有盧俞後，千載浮言早罷休。

題李易安看竹圖天津王守恂仁安

律協宮商說詞伯，錄存金石作文豪。我今解得丹青意，欲表清風立節高。

題吳待秋澂**爲畫**林亭圖**墨合面倩張壽丞刻之**

晚山遠更青，野竹秋逾碧。瀌瀌瀉寒流，空亭絕人跡。

安石消沈久唐林藻《深慰帖》以明安南平刻本最精，石已佚，只見日本上野氏所藏，羅叔言跋爲祖石初拓者，近惟裴伯謙刻本差堪伯仲，林亭結構新築亭於通州葦花洲上，刻石其中。錦囊曾什襲，珍重與何人？

畫竹

幾年不踏風篁嶺，細篠縱橫夾路生。我欲移家住深處，夜窗涼雨聽秋聲。

爛漫桃花蒸曉日，飄颻梧葉感秋風。沈思獨有青青竹，挺節凌寒邃谷中。

森森繞屋碧琅玕，養得清風六月寒。忽憶舊遊天竺寺，一峰迴合萬千竿。

風動輕梢掃亞闌，玲瓏萬箇雪初殘。斜陽欲墜茶初沸，爲愛明窗坐忍寒。

通州雜詩二十四首

殿頭碧瓦任風吹，舉眼滄桑盡可悲。突兀城邊孤塔在，半空鈴語似唐時。塔庵

燃燈佛舍利零塔，在城北佑勝教寺中。高二百八十尺，座高百二十尺，周百四尺。後周宇文氏建，唐貞觀七年尉遲敬德監脩。

夕陽西下雨晴初，處處蔬園響轆轤。蒲柳欹斜鳧上下，天然一幅水村圖。望耕堂

城東南文昌閣西有望耕堂，州牧吳存禮建。光緒庚子圯於兵，近雖瓦礫，亦不復存矣。

小亭兀坐看春耕，幾樹垂楊畫未成。今日蕭條倚孤杖，空餘寒月向人明。得月亭

亭在望耕堂西，亭下古柳數株，瀟灑入畫。今柳已枯而亭僅餘數礎也。

結廬高阜似山居，窗瞰清溪可釣魚。水月菴前最堪賞，一塘秋水靜芙蕖。水月觀音院

高阜處即舊城基。長溪約里餘，即舊城河西岸，有水月菴、觀音院。光緒間合建爲水月觀音院。溪之西爲東路同知署，今改建公園。城中風景最佳處。

曳屐尋幽憶舊遊，滿山霜葉艷清秋。西湖同此孤峰耳，卻爲林家勝跡留。孤山

孤山在邑東四十里。庚子秋，余避兵於此。孤特秀麗，林木蔚然，然名不著於世，世無知者，亦地非人，不傳也，悲夫！

葭葦蒼蒼帶水濱，渚鷗汀鷺自相親。凄涼八里橋邊路，不見肩囊背橐人。八里橋

永通橋在邑西八里。明正統十一年敕建，賜名永通，即今所稱八里橋也。東西五丈，南北二十丈，爲洞三。四方貢賦由水路以達京師者，咸萃於此。京城較通邑約高數十尺，築五閘以蓄河流。糧艘不能逕達，每過一閘，賴役夫移運，恃此爲活者甚衆。自鐵路成，此河遂廢，然以此水灌兩岸之田，瞬息變爲沃壤，亦地方之利，是在關心民瘼者倡之。

舊游如夢了無痕，玉砌雕闌漫更論。秋草沒人紅日墮，御碑無語立黄昏。黄亭

碑亭在西郊，朱甍黄瓦，氣象偉然。自朝陽門至通州石路四十里，計長五千五百八十八丈有奇，寬二丈。又城内各倉門及東西街、河沿等處，亦一千五十餘丈，共費帑金三十四萬三千四百八十四兩。經始於雍正七年八月，翌年五月告成。世宗製碑文建於亭中，俗稱黄亭。

今碑存而亭圮矣。

菜圃瓜田縱復横，一灣流水阻人行。夕陽獨立南溪閘，一片啁啾葦雀聲。南溪閘

南溪閘又名南浦閘，多蘆葦。産鳥名葦雀，善鳴，人多畜之。

田家三五倚城煙，紫豆花開野色新。白骨青燐時在望，相逢或有塚中人。南門外荒壠

南門外城河北岸，向爲荒塚。庚子後，有丐者横木通南岸，乞渡資爲活。今忽廿年，結屋數間，聚居數姓，儼然一小村落也。

鄂公祠宇久墟邱，蓼渚蘆汀瑟瑟秋。惟有門前一泓水，至今嗚咽向東流。開平忠武王祠

常忠武公遇春廟在京師，此特其别祠耳。洪武間敕建，基約六十畝，數易主，廢爲蔬圃矣。

老樹婆娑緑意新，江蘭裙屐已成塵。蕭寥一曲蒹葭水，無復荒亭輯史人。江蘭社

李鐵君先生鍇，極博工詩。結江蘭社於舊西門外，有墼舟書屋、睫巢書屋、蒹葭秋水亭諸勝。曾輯《宋史》於此。今新城南街沈氏魯泉外舅所居即其遺址，惟古槐一株，猶是當時故物。

鐵君著有《睫巢詩》十卷、文集十卷、《原易》三卷、《春秋通義》十八卷、《尚史》七十卷。

能文蓄德仰歐蘇，勤儉寬和重里閭。幸有一編遺稿在，更無人間愛吾廬。愛吾廬

王子野先生大鶴，博通經史，爲文務根抵。矩矱先正，持家接物，勤儉寬和，周急難，掖整理者按：「掖」原誤作「腋」後進，尤見推於閭里。著有《嘯笠山房詩集》《愛吾廬思存稿》。《畿輔先哲傳》《邑志》均有傳。光緒庚子得《愛吾廬吟稿》於廢書簏中，爲其門人謝振定手校本，然愛吾廬荒蕪，已久不能詳其遺址也。

萬事真隨轉燭光，誰將望族數毛王。採風尚問閒邪李，爲有吳興字幾行。閑邪公祠

邑城以李毛王三姓爲最盛，滄桑後散處四方。惟李氏閑邪公家傳爲趙文敏所書，刻入《快雪堂叢帖》中。考金石者，尚時時道及之。曾南豐必以先人墓碑乞能文章、蓄道德者爲之，良有以也。

遺書展誦不勝悲，直諒多聞足我師。著述等身零落盡，爲編一卷書梅詩。養拙堂

毛子昭先生毓麟，品端學粹，爲一邑人望。工詩古文詞，著有《養拙堂詩文集》《蕉窗筆

記》諸書，均毀於火。畫梅自成一家，別饒古趣。余藏其致先大父監丞公手書數通，議論樸直，卓然有古人風。茲搜集題畫詩數十首，都爲一卷，以存前輩風流云。

華屋山邱幾變遷，西州痛哭自年年。穆如遺稿新刊就，絮酒躬來告墓前。穆如草堂

王吉甫先生秉謙，於先大父爲中表，余受知尤篤。光緒庚子知良鄉，會聯軍西去，良鄉適當其衝，外應群敵，內撫庶黎，保全甚偉。翌年遷晉州。文章政事，至今稱道。弗衰改政，以還僑寓於通，顔其所居曰「穆如草堂」。閉門卻掃，歌誦自適。壬子十月一日以疾卒，年七十有二，葬於城南八里稿村。先生著述盡罹庚子之劫，今搜集古今體詩數十首，付諸手民志景仰也。

記領清言澹靜廬，開懷勝讀十年書。能將畫法通書法，妙絕千秋博古圖。澹靜草堂

王劭農先生振聲，號爛柯山樵、黃山遯叟，晚號心清道人。同治甲戌進士，官水部擢侍御史，出守徽州。品學器識爲海內重。畫花鳥在白陽、新羅之間。用篆籀法寫博古圖尤爲絕調。往年謁先生於澹靜草廬，縱談畫法，多所獨得。壬戌十二月十五日以疾卒，年八十有二。

老樹槎枒曲徑橫，徘徊遺跡不勝情。山河靈氣應長在，深夜時聞杖履聲。來鶴山房

共道山人書絕倫，誰知健筆出三門。興亡過眼俱塵夢，遺墨猶欣六石存。煮石山人石刻

樊道士鎮，字主實，號煮石山人。性孤潔，琴棋詩畫劍術無不能，而於書尤工。宗松雪《元妙觀三門記》，深得其法。卒年八十有三。所居曰「來鶴山房」。其徒爲余言「每至深夜，有琴韻出房中，或異香滿院，花間樹後，若或時聞杖履聲也」。蓋志節高尚，靈氣不泯，其信然與。惟屢經兵燹，所謂「來鶴山房」僅數椽老屋而已。當時遺物蕩然無存，幸書畫石刻尚存六石，亦通州金石之一也。

斷垣淒絕葉家讀作姑祠，孤塚城南蔓草滋。爲仰高行重志石，此心原不間華夷。烈婦葉氏墓

葉氏，明神武衛舍人許紳妻。紳任俠，揮霍無節，衣食且不繼，携葉投所親，路死於舊城西門外。葉守尸，悲號絕水漿十四日，死尸旁，年纔二十餘。巡撫御史錢學孔按通親見之，疏聞下禮部議，尚書夏言「重其烈」，議請旌表。嘉靖十五年建坊立祠，有司春秋致祭。近祠已頹圮，墓在城南美教會學校處，建女校時擬遷去。時果祝三茂才壽康主講校中，爲美人都君言烈婦殉節狀，爲之感歎，許爲保存，重志石焉。

西風疏柳掩柴扉，落葉飄蕭點客衣。賸有舊時烏鵲在，依依猶繞故巢飛。胡氏

故宅

胡鶴松先生壽松，喜讀書，善醫，青囊術尤工。與余爲忘年交。庚子亂後，憂困以死，可惜也。

瓦屋數椽低似艇，潞河卜築此初基。竹梧蕭瑟深宵坐，不減篷窗聽雨時。雨舫

先曾王父著述甚富，尤工詩。近惟存手批宋元明清四朝詩選稿本數卷。幕游燕趙，品望冠一時。道光二十二年，就通永觀察使高公樹勳，卜居於通，小屋一區，而結構精雅，顔曰「雨舫」，亦慰藉鄉關之思云。

刼灰飛盡等身書，猶幸先人有敝廬。未忍吟香風便歇，道州乞寫草堂圖。吟香草堂

先大父監丞公，博雅工詩，顔所居曰「吟香草堂」，著書其中，索同里汪叔明先生昉，爲寫《吟香草堂圖冊》。一時知交如李九颿道湘、徐頌閣郙粱、檀圃肇煌、王蔭堂榕吉、徐小勿幹、烏紹雲拉布、杜雋斋錫三、蔡鶴君壽臻、蔣毅甫汝僩、蔣毅甫汝傳、錢紱書錫麟、楊子英謙柄、王劭農振聲、王吉甫秉謙、吳文俊欽、許子筠恩溥、沈師齋維垣、彭維藩世翰、來眉軒錫齡、莊子唫淦、方錫三恩培、屠勉齋懋倫諸公，均有題詠。光緒庚子，聯軍陷通州，什物蕩然。此冊亦散佚，幸《吟香草堂初稿》一卷得於故紙堆中，既刻而傳之，更乞道州何詩孫維樸補寫《草

堂圖》立軸以還舊觀，懷寧蕭謙中孫寫《草堂圖》冠於集首，俾後世子孫，因斯圖而葺斯堂，無忘祖德也。

遺墨秋風冷顧廚，典衣幸贖虎溪圖。父書苦讀香思繼，重葺凌雲舊草廬。凌雲仙館

先大夫幼即穎悟，抗志絕俗。十四而孤，所居在叢篁中，有先大父自書「居身不使白玉玷，立志要與青雲齊」楹聯，因顏其居曰「凌雲仙館」。讀書奉母，隱居自得。平生喜收藏，工書畫篆刻，研精覃思，忘寢與食。嘗書「惜分陰」於壁以自警，卒以病學嘔血，卒年二十有二。所作書畫罹庚子之劫，悉散失。後於比鄰見所寫遠公故事《虎溪三笑圖》一幀，以重價贖歸，幸遺澤之不盡泯也。近將舊屋葺而新之，乞錢夢鯨先生補書館額，即以是圖珍弆其中。

築屋西溪溪上住，一竿窗下作漁師。浮沉歲月成何事，又是槐花欲墮時。西溪草堂

余有小園在通惠河北岸，舊城最西處。門前古槐二株，相傳爲唐時物，花時最盛。陵谷變遷，今河已塞絕矣，恐久之無復知此地之有河也，爲築西溪草堂以識之，後之志河流者或有取焉。

近作通州雜詩廿四首小學校生多能成誦喜而賦此

苦吟撚斷數莖髭，不作流連光景辭。近事街頭堪一笑，兒童齊誦潞河詩。

題畫與朱翁芷青

萬頃蘆花一釣艖，無風波處便爲家。但願江湖能穩睡，任從飄泊到天涯。

横琴圖

亂石帶寒林，悠悠千載心。高巖明月上，兀坐一横琴。

畫菊與李靜侯

淡交如水性情真，握手寒廬老更親。安得青山三畝宅，與君同作藝花人。

甘谷圖爲王仁安先生作并跋

菊花潭水靜無波，三十人家日飲和。不負千秋名壽客，南陽耆舊古來多。

南陽酈縣有菊潭，其源旁悉芳菊，水極甘馨。居人三十家，不復穿井即飲此水。上壽百二三十，中壽百餘，蓋水得花之精液耳。

八里台歸舟記景

放棹歸來日又斜，涼飔兩岸響蒹葭。參差剪草飛輕燕，伸屈銜波走短蛇。斷渚蒲荷迷舊路，矮垣梧竹認誰家？風光絕似江南好，近水人人足稻蝦。

爲饒苾僧畫扇題

酒盃詩卷不憂貧，放浪江湖老此身。一夜瀟瀟蕉葉雨，枕邊愁殺惜花人。

畫竹泉圖贈鄭韶九維夔

伏櫪年年負壯心，却從寒竹託知音。何時畫作蒼松樹，遮護茅檐百畝陰。

秋景爲黎重光作

一籬斜日蟲聲咽，萬里西風雁影寒。眼底秋光足幽賞，爲君收拾到毫端。

雨夜

幾樹芭蕉覆草廬，緑天清晝引風徐。繩牀怯聽通宵雨，一陣繁聲一陣疎。

次趙生翁和沈次量韻

舉眼滄桑衹斂眉，承平風月待何時？從吾所好談何易，與子相逢恨已遲。諍友豈惟今日少，著書寧覺古人癡。是非千載無窮事，知者不言言不知。

題柳枝鳴蟬

高柳絲絲颭晚晴，芙蓉江上淡煙横。微軀於世原無補，飲露吟風過一生。

宋鐵梅翁小濂以詩徵畫鈎勒竹益以梅花一枝依韻題寄

無心更寫倚雲枝，混迹蒿蓬正此時。千載梅花獨知已，歲寒同抱雪霜姿。

人生如此自可樂四首

半架銀藤一草廬，綺窗髹几試茶初。人生如此自可樂，况有連牀萬卷書。

掃地焚香絕俗緣，興來寫竹懶時眠。人生如此自可樂，笑讀蒙莊秋水篇。

幾甕幽蘭吐異芬，一鈎涼月照清樽。人生如此自可樂，富貴於我如浮雲。

靜坐已饒塵外趣，閉門還讀篋中書。人生如此自可樂，造物低昂且任渠。

過成澹堪先生多祿城西園林園有十三古槐館舊雨軒諸勝

瑤箋玉趾感先施，十載欽遲慰渴飢。最是令人傾倒處，平原書法少陵詩。

古槐如幕草如茵，硯几清嚴見性真。一自褰裳尋舊雨，不知京洛有風塵。

同子通緯齋臺孫寱广古侯八里台泛舟二首

勞勞塵土負平生，一入南溪雙眼明。舟小恰容人六七，蘆深轉悮路縱橫。傳壺賭酒拌先醉，分韻裁詩任後成。何日結茅營小隱，斜風細雨聽秋聲。

斷續炊煙隔樹生，清波如鑑照人明。淺汀叢芷群凫集，古渡垂楊一舸横。往事凄涼聞不得過聶忠節公殉難處，夕陽明滅畫難成。歸來惆悵停舟處，又是喧囂晚市聲。

題畫竹潤例後

賣畫年年爲買書，人能醫俗我醫愚。百城坐擁知何日，韻事先傳萬竹廬時擬集資創圖書館。

題畫鷓鴣

棘枝霜葉弄新晴，瘦竹蕭踈倚石生。聽到哥哥行不得，西風無限故園情。

題酒盃詩卷圖贈趙幼梅先生

句句清詩盡可傳，一盃況復快當前。勞勞富貴何爲者？轉眼人生已百年。

次李我生見寄韻

一鈎涼月映吾廬，雙鯉迢迢入手初。自媿壯夫甘小技，欣逢良友勝奇書。憂心久結斯文墜，舊籍期收刼火餘時擬賣畫集資創萬竹廬圖書館。咫尺衡門幸相過，不須雲樹感離居。

題畫寄趙鐵山

新竹成陰護草廬，潺湲流水繞階除。閉門且喜從吾好，一盞青燈夜讀書。

蒙齋圖爲趙生甫先生芾作

四壁圖書金石，一家班左韓歐。占盡藍田幽勝，箇中自有千秋。

任道近同拙老王仁安先生號拙老人，閉戶著書，以道自任，生甫嘗從之游，移風遠媲文翁生甫創北菁學社於津門，以古文詔後學。何日比鄰許結，往還親炙春風。

擁被

少小耽書畫，悠悠壯未成。明知無益事，聊悅有涯生。往日追何及，吾身未可輕。空齋萬緣寂，擁被聽秋聲。

爲成澹翁刻舊雨二字印并寫舊雨軒圖

十年不作金石刻，今爲先生一奏刀。久媿涓厓期許意，欲將工力擬金高。李涓厓贈詩云「三絶才華邁等倫，即論篆刻亦通神。求之今世豈易得，竟是金高一輩人」，讀之滋愧。
平生私淑龍泓老，心所能知手不從。周鼓秦碑看太厭，奇文搜得楚齊鍾。舊爲齊侯鍾文，雨爲楚鍾文。陳石遺題余《遂園印稿》，有「龍泓丁鈍丁，端可與平揖」句。
舊雨軒高絶點塵，更將逸筆補松筠。清秋載得蘭陵酒，莫訝頻來問字人。

和張玉裁同書見寄韻謝題訪墓避亂兩圖

平生江海有深緣，鴻雪年年詎偶然。真賞君能齊北海孫退谷精鑒賞，畫宗我媿續西田近代畫以婁東爲正宗。淒涼往事千行淚，爛漫新詩萬口傳。幸有清言慰寥落，剪燈孤館鎮相憐。

菊潭圖寄贈周芷佩明珂

羞隨穠李爭春色，不附黄葵向曉曦。秋水寒潭甘寂寞，何人能識傲霜枝。

寄趙鐵山兼送羅輯五還里

尺書具答意遲遲，迢遞雲山入夢思。一事天涯堪慰藉，對君顏色讀君時鐵山題贈訪墓圖詩並近照。
一石許君幾十年，竟因病腕累遷延。今朝始附雙魚去，宿諾吾真媿昔賢昔鐵山囑刻印，以病腕久未報，至是始鐫就寄奉。
金戈晉豫漫紛紛，還往今知玉帛尊。一片中原乾淨土，天教留得小桃源聞晉豫事已解，爲之慰喜。

商飆淅淅柳條寒，此別期君萬慮寬。七字漁洋舉相贈，五湖歸去伴魚竿輯五自東歸里，以此慰之。

送張效彬總領事瑋赴伊爾庫次克

風高邊塞節旄寒，萬里窮秋落葉丹。一種湖山似圖畫，異邦更覺耐人看來書云「途經貝加爾湖，水碧山青，風景如畫」。自昔深憂惟北敵《魏書·古弼傳》中語，底堪邪說更縱横。平居懷抱知無負，新語行看續陸生。

感事

一生枉過蟻旋磨，三匝無依鵲覓枝。誰說黄花開正好，無端愁殺北風吹。

畫城南詩社圖成賦呈範老仁老

風流未衰歇，勝事集南城。禮法容疎放，歌詞見性情。河汾傳絕學，釣瀨養高名。天悼斯文墜，端須二老撑。

次韻酬沈次量

蕭蕭松竹自相親，同是嶔崎歷落身。才可匡時甘寂寞，生逢亂世易悲辛。著書敢作千秋想，晤語能生一座春。三復君詩更懷古，百年滄海幾飛塵。

示子靖

送日惟宜畫，開懷幸有詩。音書胡雁絕，心事海鷗知。慈儉真吾寶，猖狂未爾師。平生得力處，止足少年時。

畫柏

深山滋雨露，落日長風煙。匠石不相顧，獨可全其天。

鸚鵡

解與朝雲互唱酬，緑衣朱喙儘風流。料應悔學人間語，下調高歌不自由。

晚晴書所見即以題畫

人言巧黠是蛛絲，綱得癡蜂自療飢。知否機心方用處，樹陰鵂鶹正偷窺。

題畫

叢蒲冉冉匝迴汀，弱柳垂垂覆小舲。溪上春風正駘蕩，漫將閒筆寫樵青。

魚鳥

既解恩能報，須知怨亦瞋。何如絕羅網，魚鳥自相親。

效板橋體題畫蘭竹與嚴臺孫侗

山巔疎竹一二個，水際幽花三兩叢。野性生來喜枯淡，厭看穠紫與夭紅。

感事有作

白髮逢斯世，蒼生悞此人。群公方競利，四海欲均貧。舉目山河異，橫胸涕淚新。哀鴻中澤滿，回首一悲辛。

芙蓉宿鷺

涼風起寒塘，野鷺眠秋水。一帶拒霜花，飄颻散霞綺。

乙丑重陽與幼梅問田緯齋子通誦洛玉裁壽人小集琴襄厲齋分韻得日字即題餞秋圖

匡廬三載橫胸臆，歸來有屋能容膝。高人自古愛黃花，送酒欣逢重九日。爲君寫幅餞秋圖，題詩好待生花筆。畫成問菊菊無言，一院西風正蕭瑟。

九日旅感

學書學劍竟如何？牢落西風感慨多。避俗誓將尋舊隱，看花猶幸起新疴。懶從亂世求聞達，便合閒身託嘯歌。四十六年真一瞬，人生禁得幾蹉跎。

佳節年年逢逆旅，風塵澒洞與誰親。捲簾未覺黃花瘦，攬鏡驚看白髮新。滄海橫流憂此日，入林把臂屬何人？擁書不讀工圖畫，偃蹇天涯愧此身。

不寐

清夜耿不寐，煩憂集百端。著書傳世少，治事得人難。風急猿吟苦，霜高鶴夢寒。塵緣何計斷，古劍幾回看。

小雙寂菴校書圖爲張季易作

廿載棲遲甘下位，百城坐擁薄諸侯。如山世難休惆悵，椽筆期君發隱幽君方有《廣史姓韻編》之作。

有書契後皆師友，無垢氛中結屋廬。人事百年真一瞬，名山藏得等身書君近纂《疑年錄彙編》已刊行。

題畫鷹

健翮秋風不易馴，十年人海未抽身。翱翔直向南冥去，萬里清蒼無一塵。

題城南詩社圖

雅集城南德不孤，嘯歌佳日儘清娛。羣公各有千秋業，我媿龍眠寫此圖。
誰將繭紙記流觴，脩竹崇蘭轉眼荒。一樣滄桑寄遙慨，風流端慕水西莊範老有「水西卷子」。

題舊作菊石

兩鬢星星涴客塵，秋風滿地菊花新。十年舊作今重見，亦似他鄉遇故人。

覽鏡圖

綠偏天涯草，紅肥屋角花。朝朝覽明鏡，莫負好年華。

題畫雉 並序

雉之爲物雖微，其德有足多者。《禽經》云：「雉，介鳥也。」《爾雅翼》：「澤雉十步一啄，百步一飲。因地之墳衍以爲疆界，分而護之，不相侵越一界之内。要以一雄爲主，餘者雖衆，莫敢鳴雊。」《禮記》曰：「雉性剛而守節。」《化書》云：「雉不再合信也。」《舊唐書》楊炯《冕服議》：「華蟲者雉，身被五采，象聖人體兼文明也。」《博物志》：「翟雉長尾。雨雪降，惜其尾，棲樹杪，不敢下食，往往餓死。」其愛惜毛羽至不惜一死，豈常人所可及！嗚呼，人欲之熾，人情之詐，是斯物之不屑爲也，可勝歎哉。

深谷草萋萋，東風羽翼齊。平生孤介意，只合竹林棲。

題陳誦洛中嶽懷人詩後

輪囷整理者按：「囷」原誤作「困」肝膽向誰傾？擊筑高歌百感生。絶似吾鄉黄仲則，中年海内已知名。

寄徐行可恕武昌

望斷飛鴻無一紙，知君高閣擁書堆。青燈黄卷人生福，不是尋常攫得來。買書我亦成殊好，二妙新收鮑氏鈔新收知不足齋鈔本金段成己、克己《二妙集》。何日艤舟江漢上，一編相對話良宵。

野望寄季弟

拄杖高原上，臨風倦眼舒。夕陽千點鳥，遠水一孤漁。白髮猶爲客，青山未結廬。寄書何日達，渺渺正愁予。

次韻答玉虬

畫竹歌詩樂不疲，幽居更幸水雲圍。名心久作風前絮，吹著春泥濕不飛。

題俞滌煩畫女士四首

一棹江湖幸早歸，桃花灼灼柳依依。風塵京洛由來惡，快遣樵青浣素衣。浣衣

芭蕉深處綺窗開，譜罷新詞費剪裁。暝色入簾天欲暮，瀟瀟又送雨聲來。填詞

嫩寒新透薄羅衫，金鴨沈檀手自添。天地寂寥人不寐，一丸涼月掛虛檐。玩月

移來洗硯池邊樹，寫出羅浮夢裏人。玉骨冰肌誰可擬，只應明月是前身。訪梅

題春林雙燕圖送馮問田文洵出宰滿城

寒雲散盡雪初融，燕子歸來花欲紅。遙憶滿城城畔柳，依依無處不春風。

自遣

收拾塵心讀華嚴，行藏無復問龜占。庭前竹密從吾好，牀上書多任手拈。能得閒時閒便好，可無取處取傷廉。請看賣卜成都市，纔足謀生便下簾。

題畫竹送王春埜主事紹和赴赤塔領館

寵辱平生已不驚，況非自願受長纓。十年經術看君試，莫負風沙萬里行。
執手河梁一黯然，廿年硯席亦前緣。即今微祿應珍惜，他日歸山買薄田。
螻蟻王侯轉眼虛，與君同好是藏書。百城坐擁天如許，訪我西溪萬竹廬。時擬
刱萬竹廬圖書館於通州城中。
脩枝勁節慣淩寒，異國蕭寥且自寬。好祝雙竿慈孝竹，春風日日報平安。

題華秋岳畫扇

夕陽林木亂鶯啼，流水潺湲漱小溪。何處牧兒橫短笛，一聲吹過板橋西。

題松下停琴圖

何處溪山移我情，至人千載屬連成。廣陵散絕誰能續？坐聽松聲共水聲。

題芙蓉直幀

短袖風吹畫意寒，芙蓉蕭瑟夕陽殘。扁舟何日横江去，折取一枝微醉看。

題滌煩畫士女

一灣流水繞荊扉，碧柳紅橋靄夕暉。欲過溪南還少立，恐驚枝上燕雙飛。
一雨初晴絕點埃，晚涼隨意步莓苔。鴛鴦繡罷百無事，小立花陰待月來。
淡月徘徊暮雨晴，塞鴻嘹唳客心驚。西風落盡梧桐葉，愁聽寒宵紡績聲。
園林雪後不勝寒，老樹横斜得地寬。一路幽香無覓處，春風吹入掌中看。

題畫

爛漫桃花發，山雞出谷飛。幾番臨水照，應自惜毛衣。雉
自有魚堪食，還將樹作巢。可憐秦吉了，巧語枉譊譊。鷺
羽翮當秋健，林塘入夜涼。危岩幽夢穩，狐兔任猖狂。鷹

遠岫出閒雲，空江落殘月。老鶴縮項眠，松風砭肌骨。鶴

題畫與周志俊

寥落扁舟野渡横，蕭蕭葭菼動秋聲。披襟閒向船頭坐，明月人心相對清。

題所臨夏仲昭淇澳清風卷子

人境桃源何處尋？卜居無計入山深。渭川雲水三千頃，寫慰平生避世心。

村行即景

蘆荻蕭蕭蕩夕陽，沙鷗箇箇下寒塘。年來已厭風塵苦，何日移家住水鄉。

題項蔚如丈文彥聽松圖丈所居有山靜日長之廬

襟懷沖淡甘微吏，畫筆清雄晚益工。山靜日長無一事，小亭默坐聽松風。

題絲瓜枯竹立幅

豈因嗜好擬王猷，不用青門學故侯。磊磊絲瓜兩竿竹，自將幽意寫清秋。

松石圖

一雙秀色嶙峋石，十丈蒼顔偃蹇松。卻喜歲寒添二友，旅窗何處不相從。

題滌煩梅花士女

梅花偃蹇竹離披，同抱歲寒冰雪姿。涼月西斜人未睡，倚欄相對立多時。

題懸崖梅花寄黃賓虹

青芝山下繫孤篷，忽見梅花發幾叢。寄語東風應愛護，莫教吹落亂流中。

對竹

寂寞柴門人跡少，小溪流水日淙淙。鈎簾坐對蕭疏竹，一片斜陽映紙窗。

題畫

柳條冉冉弱如絲，桃萼娟娟壓滿枝。誰似多情花底鳥，白頭相守不相離。柳枝 白頭翁

梧樹蕭蕭池館幽，紅芳零落緑陰稠。小窗夢破茶煙歇，忽聽數聲黃栗留。梧桐 黃鸝

帶雨和煙水石濱，鷺鷥閒暇日相親。前身同是巢由輩，不受人間半點塵。菖蒲 鷺

雀

葦簾棐几獨支頤，梅竹蕭蕭動晚飔。何處幽禽可人意，一枝晴雪立多時。梅花

畫松

空山風雨蟄龍蛇，磊砢干霄閱歲華。信是棟梁廊廟器，不逢匠石亦徒嗟。

題畫

雨過林塘靜，春深麥隴齊。羽毛應自愛，莫與亂鴉棲。雉

寒山斂殘照，群鷺集河濱。息影蘆深處，江湖意不馴。鷺

幽鳥語關關，黃花相伴閒。霜枝欣可託，飛去復飛還。雀

危石咽寒澌，空林落月遲。夜夜羣動息，相對立枯枝。烏

石雪齋詩稿卷四

題畫竹呈周輯之先生

高節古已稀，清芬世所仰。特立深山中，聲風同逸響。

獨坐

獨坐悲寥落，斜陽下短垣。事煩能害命，舌弱故長存。林壑棲心久，詩書夙好敦。誓將遺塵慮，小隱向邱樊。

題畫寄奉範孫先生

嚴瀨高名千載垂，尚書清節亦吾師。綱常自繫經綸手，天地中間一釣絲。

泛舟

積雨空林十日陰，山堂枯坐自長吟。平湖肆目秋無際，獨立船頭一散襟。

武清道中

一望碧無際，遠山銜落暉。田廬成澤國，生計老漁磯。孤鷺當風立，群鷗點水飛。十年江海夢，惆悵寸心違。

題竹溪草堂圖奉寄仁安師

文章道德高天下，鍾鼎山林共此身。三載朅來沽水上，摳衣時領座中春。經師一代尊高密，詩史千秋續少陵。閉戶著書娱歲晚，孤高惟許竹爲朋。

秋夜有懷笠僧翁

混世含光不用名，藥爐詩卷任孤清。高梧隱月淡留影，疏竹摇風涼有聲。每以文章觀世運，要從生死見交情君近輯《居巢詩徵》，所録故舊之作甚多。故人經歲音書斷，烽火遥聞幾度驚。

荷鴻圖

一夜横塘雨，芙蓉灼灼開。風微香更遠，時引翠禽來。

爲言仲遠先生敦源畫扇題

平生酷愛雲林子，散盡黄金買釣舟。欲把一竿江海去，不知何處是安流。

古意

青青溪上竹，搗練製成紙。倘作數行書，亦足傳千里。

閉門

西風久厭庾公塵，何處溪山寄此身。膏火自煎山木寇，閉門甘作不材人。

吳興俞滌煩爲寫四十六歲桐陰抱膝圖小照漫題四絕

雨歇長梧秋意新，苔陰半濕絕纖塵。科頭擁膝無拘束，拌老江湖作逸民。

熱不因人甘屈蠖，世無知我好盟鷗。十年憂患真堪笑，贏得蕭蕭兩鬢秋。

卅載欲凋題竹筆，半生長抱買山心。年來萬事都灰冷，結習難除是苦吟。

二千餘里崎崟路，四十六年瀟洒身，七字愛吟蘇玉局，扁舟歸釣五湖春。

題畫

李白桃紅自在開，清溪百壘遠風埃。織衣耕食家家足，老死山村不往來。

雙松落落蕩寒烟，山色虛無雨後天。寂寞危巖人跡少，倚琴枯坐聽風泉。

紅葉蕭蕭帶落暉，山腰如束白雲飛。十年雙袂京塵滿，我欲高岡一振衣。

日暮寒山萬木哀，荒村犬吠夜樵回。空林落葉無人管，一任西風吹去來。

題畫竹卷

看罷湖山倚櫂回，風篁嶺外重徘徊。酒醒自剪西窗燭，寫入鵝溪絹裏來。

題柳陰垂釣圖

點筆朝朝計已非，異鄉雖好不如歸。遥思白板橋邊柳，依舊清陰護釣磯。

百五十漢晉石齋藏碑圖爲周季木進作

好古如君世罕倫，綱羅殘闕到周秦。授堂僅貯劉韜碣，竟覺今人過古人。偃師武虛谷收藏甚富，著有《授堂文集》。古刻原石有「晉征東將軍劉韜碣」，即小松所謂「捫賞如元玉者」。而君藏石都百五十種，如「秦始皇詔石權」「漢石經」「朝侯小子殘碑」「建寧四年造石門畫像」「沇州刺史楊叔恭碑」「西鄉侯兄張君殘碑」「魏三體石經」「大將軍曹真殘碑」「晉城陽侯石尠墓志」「處士石定墓志」等石，近世始出土，歷來著錄未見也。安用驅車嵩岱游，閉門氈蠟散千憂。漢唐舊刻尊前列，好事秋盦遜一籌。黃小松有嵩洛岱嶽訪碑各廿四种图，搨碑多种。然较君所得原石之富，则不逮远矣。

題秋江晚眺圖

烟鬟绕郭晚逾碧，霜樹满山秋更紅。放眼滄江正愁絶，一帆如駛飽西風。

題畫竹與王緯齋

推擠不去已三年借坡翁句，到處惟餘畫竹緣。記取水西莊畔路，寒梢斜覆釣魚船。

畫松寄許叔屏翁

偃蹇長身欲化龍，樛枝不動任來風。千秋無與人間事，甘老荒山大壑中。

憶昔

憶昔看花崇效寺，六街輿馬競揚埃。草頭富貴真如露，引得游人逐隊來。

題畫菊扇族叔愈齋先生

千秋壽客錫名嘉，百卉彫時始見花。何日移家住甘谷，好將菊水養丹砂。

翠瀾堂圖爲劉笠僧先生原道作

十年栗里銜觴樂先生辛亥後棄官歸，一卷漁洋感舊編近編《居巢詩徵》十卷，搜集甚富。何日金庭尋勝地，亦留詩句與君傳。

抱德足爲天下式，論交真有古人風。湖山日夕供吟眺，此福蒼蒼只屬公。

秋閨

玉枕紗廚夜氣清，竹梧蕭瑟動秋聲。銀釭剔盡難成寐，捲起珠簾看月明。

寫梅花水仙寄莊思緘先生

玉潔冰寒自一家，不隨桃李競紛華。天真幽淡誰能賞，占盡春光是此花。

松煙

靈巖寺裏秋風勁，天目山頭暮雨涼。可惜百年梁棟具，燒煤供我寫脩篁。

寫懷

踏遍天涯芳草歸，行藏自分與時違。半生湖海空流輩，一徑蓬蒿遂布衣。斷渚寒流楓葉瘦，短籬疏雨菊花肥。年來與物相忘久，沙畔閒鷗伴不飛。

夜坐蒙齋用次量故宮韻賦呈生甫先生

正襟危坐氣崢嶸，燒燭深談肝膽傾。舊學即今應邃密，世風何日更清明。横胸壘塊澆無計，回首觚棱忍細評。十載中原苦兵甲，底堪鼙鼓動邊城。

題陶淵明歸來圖

缾無儲粟不憂貧，不帶風塵媿此身。自是高懷獨千古，宦成歸去更何人。

題畫

絕勝前村夜雪時，一丸涼月挂高枝。長安人海誰堪語，獨倚梅花自詠詩。

題名山圖寄錢夢鯨先生

義存正統朱元晦，志復中原陸放翁。長日閉門耽述作，此心知與古人同。
刻集名山已等身，蕭然環堵不憂貧。世風日就江河下，手挽狂瀾賴此人。

題蘆花釣艇呈樊山先生

蓑笠寒江一釣舟，西風蕭瑟荻花秋。茫茫天壤吾何往？祇合烟波狎白鷗。

爲成澹翁畫扇題

支離瘦竹風三徑，爛漫秋花雨一籬。十丈黃塵京洛裏，有人負手獨尋詩。

黃花白石圖爲惲公孚寶惠作

西風萬木凋零後，賸種黃花伴石開。偃臥長安塵土裏，何人能識補天材？

題畫與王福葊 禔

王侯篆籀整理者按：「籀」原誤作「籕」工天下，刻畫千秋亦不刊。欲藉丹青擬精意，蒼藤古木自高寒。

題徐天池策杖圖與陳西甫

一表縱橫結主知，書詩文畫并雄奇。芒鞵竹杖青藤老，莫道平生未遇時。

題萬竹廬圖

讎校敢希任昉，翺翔妄慕相如。儘寫萬竿修竹，誰分鄴架藏書。時擬畫竹集資創圖書館也。

題畫寄仁安師

相近相親鷗鳥馴，江湖浩蕩好垂綸。知君背向船頭坐，愛看雲山懶看人。

爲龔仙舟先生畫紫葳立幅

拂雲石壁聳嵯峨，百尺凌霄罥薜蘿。最愛南湖初過雨，一天霞綺印寒波。

題龔筠菴穎言錦棠叔季合作墨竹

詩畫都能見性真，枝梢雋逸葉清新。半生揮洒吾何幸，一派彭城有替人。

書懷用次量韻寄許師韓

瘦竹寒梅老更親，歲闌猶得伴閒身。性難諧俗拌寥落，詩欲驚人益苦辛。千里共明滄海月，百年幾度故園春。五湖何日浮家去，天水清澄無一塵。

題贇廷所藏滌煩夏景便面

荷鈿小小困人天，童子垂頭擁楫眠。譜罷新詞一回首，忽驚飛鷺入蒼煙。

畫竹雜寄二十首

恥供樂府裁龍笛，惜作漁家繫釣絲。倒是結根荒寂處，不教清節有人知。胡綏之

武陵何處訪桃花，且向閩中泛釣艖。記得劍津山下路，萬竿迤邐燦紅霞。陳石遺

一樓畫稿兼詩稿，十丈煙梢共雨梢。自笑平生成底事，麝煤鼠尾伴蕭寥。宋芝田

下簾清晝睡初長，竹樹蕭蕭動晚涼。避地何時營十畝，緑雲深鎖讀書堂。孫師鄭

抱節懷貞迥不群，青葱秀幹欲凌雲。年年橐筆曾何補，長日明窗貌此君。竇沈盦

日擁圖書有異芬，久將榮利付煙雲。十年江海甘牢落，悞得浮名爲此君。忻雪齋

致君澤物談何易，樵水漁山空復情。特擇易爲無愧取，日拈殘墨寫秋聲。秦宥横

十年不見家園竹，含墨空齋畫幾竿。絕似艤舟滆湖上，濕煙殘月聽風湍。袁珏生

數竿玉立蕭蕭竹，采向江干製短笻。瘦骨支離無著處，莫教化作葛陂龍。 李浪公

珊瑚擊碎寫琅玕，好向江湖作釣竿。陽朔山前初過雨，彩雲零落鳳毛寒。 陳仲恕

夢醒驚聞雁一繩，疎窗坐對短檠燈。精良筆硯人生樂，貌得長身入剡藤。 李伯芝

如練寒泉百尺長，渚雲日暮冱蒼蒼。西風江上吹晴雨，天半飛來翠鳳凰。 余越園

昔年湘水停舟處，萬玉縱橫繫我思。昨夜依稀猶夢此，一枝洒洒落寒陂。 郭琴石

江左風流不可聞，湖山寂寞覆寒雲。子猷舊宅今何在？處處蕭然對此君。 朱翼盦

心法誰傳文石室？踢枝瀟洒似行書。丹丘往日推能事，餘子紛紛總不如。 衡亮生

笑我好詩兼好畫，山齋日日弄貂毫。昨宵小夢初回候，瘦影臨窗月正高。 卞白眉

摵摵西風一夜寒，小園紅紫漸彫殘。竹枝自具冰霜節，漫作尋常草木看。 胡季樵

山月徘徊照疎竹，天風浩蕩響流泉。何當把臂深林下，與子同參玉版禪。 金藕湖

疎梢密葉墨初乾，兀對山窗鎮日看。恍似淇園秋雨後，數莖蕭颯照人寒。 嚴次淪

人生飲啄皆前定，閉戶時還讀我書。安得移家湘水曲，萬竿脩竹繞吾廬。 王孝伯

題畫

柳葉臨風瘦，桃花得雨肥。誰將武陵樹？移種鴨欄磯。鴨
耿介出情性，文明備羽儀。平生畏風雨，空谷任調飢。雉
斂翅下平蕪，秋高萬木枯。一枝何處借，風雨滿江湖。鷹
飲啄皆前定，飛鳴會有時。高翔雲海外，不受世塵羈。鶴

題宋幼升丈集善墨梅扇

一隔黃壚三十載，故山草木半塵埃。雪亭淒寂餘斜日，無復疏簾看畫梅。丈所居曰「香雪亭」。

題俞語霜翁原山水畫冊

先生襟抱在林邱，悮落風塵五十秋。賣畫終朝艱一飽，衹將貧賤傲王侯。
壯游足跡半天下，歸去柴門遂爾高。堪憶孤舟風雨夜，一燈岑寂讀離騷。

西風斜日首頻搔，落拓江湖意氣豪。別有孤懷人不識，茶餘酒醒一濡毫。
人無可語尋孤月，酒足澆愁潑舊醅。援筆自成高遁趣，夜深有客抱琴來。
猨啼鶴唳助清悲，樓上張燈倒瓦巵借青藤句。奇遇奇人更奇病，一般潦倒似天池。
一夜瀟瀟雨打窗，引杯看劍意難降。世間儘有不平事，含墨空堂畫楚江。

前詩意有未竟復續成之

輕艖載烏鬼，野水涉黄牛。空説淮南好，干戈何日休？
茅亭結危厓，中有高人坐。泉響遠泠泠，似索松風和。
秋水晚茫茫，疎林淡夕陽。高岡偶相值，閒坐話滄桑。
金飈來遠天，寒烟沍歧路。日暮少人行，群鴉噪高樹。
寒藤掛高嶺，野竹俯清流。極目秋江上，蒼茫生晚愁。
竹色凝新雨，山光隔斷雲。茅檐足幽賞，世難任紛紛。

季雲四弟將歸長春難乎爲別賦此送之

相看衰鬢各成絲，又向天涯送別離。鐵馬金戈紛未已，不知把袂更何時。

有田有屋復奚求？能得休時便可休。去日苦多來日少，江湖早辦釣魚舟。

有懷蔣攬澄遇春兩丈兼寄蔡丈樸如

兩代論交誼，相違各一涯。群胡方鬬穴借放翁句，獨客正思家。世事嗟殘弈，離愁動曉笳。太平何日見，常與話桑麻。

贈余越園紹宋兼索畫石雪齋圖

家學曾聞七世傳，高人供養擅雲烟。至今沾丐餘膏馥，端合人人手一編君著《書法要錄》六卷已刊行。

何須朝市與邱樊，尺幅真能避世喧。不是先生閒著筆，誰知物外有桃源。

喜范季美過訪詒以一律

十載不相見，歡然猶昔年。新詩盈案几，舊事悵雲烟。松菊荒三徑，兵戈寄一廛。壯心慚老驥，鞭著任人先。

玉虬書來賦此代柬

久欲報書無可語，非關疏懶學嵇康。健忘已覺多衰相，省事真爲寡過方。短燭論詩憶京洛，孤篷聽雨夢江鄉。混時言笑甘癡拙，莫訝狂奴老更狂。

索湯定之畫石雪齋圖

故交漸似晨星少，擾攘京華又得君。讀畫論詩娛歲晚，那堪世難正紛紛。妙墨名香樂最真，素衣不染洛京塵。疎篁秀木雲林筆，乞寫茅庵著此身。

題畫與季雲

春歸花又落，離緒正紛紛。冷眼看人世，無心似岫雲。一邱常欲臥，五十尚無聞。無限蕭騷意，含毫畫與君。

倚闌

世情熟計百無可，懶性空嗟七不堪。靜倚危闌成獨賞，一鈎新月浸寒潭。

與熾丞馨芝子銘鶴齋華棠允卿健如俊生集城南酒樓

廿載交期在，寒宵勸一餐。華年嗟易逝，明德不容刊。往事悲桑海，狂言出肺肝。榮枯那復問，杯酒接餘歡。

畫竹與逸梅上人

懶作諛人語，閒成畫竹詩。狂言庶無罪，微意許誰知。遲暮供多病，風花恨費詞。利源拌一絕，十倍用吾師。「絶利一源，用師十倍。」見《陰符經》。

畫梅與吴稼農

偃蹇高人意，横斜野鶴姿。榮枯應有定，不作向南枝。

集柯敬仲論竹語戲成一絶題竹寄大村西厓

踢枝當用行書法，能事惟文蘇二公。今代王子端王澹游與高彦敬趙子昂，箇中妙趣庶幾同。

題畫

遠岫青於黛，霜柯紅似花。匡牀獨危坐，翹首待歸鴉。

畫梅

短籬殘雪護幽姿，寒瘦偏宜郊島詩。舊事溪堂苦相憶，一窗斜日寫横枝。

題壑松圖與常子襄贊春

大澤龍蛇起，深山草木多。後凋誰可識，自分老巖阿。

題萬竹廬

萬事看來耕讀好，百年歷盡溷茵同。幽篁矮屋無人到，自有千秋在箇中。

畫竹寄越園先生

幾曲山溪絕垢氛，斷厓殘雨逐歸雲。不須更作江湖計，好結茅廬伴此君。

溪上漫成寫與誦洛

青山靜碧水空明，容與風帆自在行。不辨秋光何處好，總教心眼一時清。

雨夜坐萬竹廬寄懷鏡寰白石

朋舊嗟寥落，江山感廢興。平生多畏友，未老愛枯僧。弱竹驚風雨，寒松困葛藤。孤燈人不寐，攤紙畫金陵。

枯木畫與雲巢

卷曲擁腫，一任自然。匠石不顧，獨全其天。

雨霽

古木寒流繞屋斜，香篝茶董足煙霞。一庭微雨初開霽，自起鈎簾看落花。

畫竹雜寄

山村雨乍晴，返影入茅屋。掩卷坐明窗，看竹發新綠。唐醉石

何處能忘暑？炎炎正苦予。濡毫一揮洒，涼意滿庭除。秦仲文

日晏夢初回，開軒一憑几。習習清風來，寒梢颭秋水。陸辛農

淡日鬱寒雲，飛泉灑晴雨。西風吹入山，一片蒼虬舞。胡冷菴

畫松與徐曙岑

偃蹇逃名易，蕭疎入世難。柴桑不可作，誰復此盤桓。

題橫琹圖

山自高高水自深，青松陰下一橫琴。風流合在羲皇上，肯向時人覓賞音。

蟋蟀

秋風落葉前，苦鬬自年年。問渠緣底事，笑我亦茫然。竟等沙蟲劫，聊供女兒憐。優游半閒裏，四塞起烽烟。

槐陰鬬雀圖畫與聘臣

由來飲啄皆前定，相傍相偎各有情。一樹清陰好棲息，不知何事又相爭。

與石梅先生合作竹石卷子

王惲風流不可尋，相期同抱古人心。十年京洛風塵裏，獨有梅盦是賞音。吳興水石崑山竹，一卷樽前喜並攜。恰似雪鴻留爪跡，敢將合作媲王倪。

竹林澤雉爲陳公輔作

十步一飲啄，棲遲各有疆。生來孤介性，端合伴幽篁。

寄晉人

晨起得君札，宵來復夢君。相憐更同病同患足濕，亂世況離群。永日娱書畫，高樓悵樹雲。四郊笳吹急，木葉落紛紛。

恕齋圖爲陳一甫翁惟壬寫

處世若夢，爲歡幾何？春秋佳日，把酒高歌。
舊聞陳后山，晚知書畫益。君爲娱老資，搜羅亦紛積。
樂地惟名，教内幽居。在廉讓間，蕭蕭數椽。茅屋閉門，即是深山。
行有不得反求己，己所不欲不施人。俱是先生恕字義，賤子亦合書諸神。

病中爲朱友山寫梅題

有好都能累此身，麝煤鼠尾日相親。一枝偃蹇横斜寫，似否繩牀卧病人。

鳲鳩哺雛圖

覓食穿林深復深，劬勞原不問人禽。試看待哺嗷嗷日，應觸天涯孝子心。

畫鴨

微雨浥春蒲，輕風翻細浪。誰家減腳鵝，呼名碧溪上。

竹枝鴝鵒

昨非今是詎堪論，漫向人誇舌尚存。不善高飛無重跌，從來多敗祇多言。

題松下淵明

一賦歸來意自賢，高懷千載北窗眠。蕭然獨坐松陰下，飽聽風泉當管弦。

柳枝雙燕

桃花散雨柳吹綿，萬事滄桑劇可憐。試問枝頭雙燕子，舊巢何處尚依然。

題畫梅竹與幼梅先生

煙濃風勁亂歸鴉，坐對明窗愛日斜。偃蹇數竿誰可侶？歲寒知己是梅花。

溪橋晚步圖

飛泉百道晴還雨，叢木千重晚復烟。策杖何人過橋去，西風一路響寒蟬。

枯木寒鴉

叢竹印寒陂，秋蘿裊碧絲。夜深殘月落，相倚立高枝。

竹林幽鳥畫與志厚

秋老空山萬木凋，數竿寒竹晚蕭蕭。枕流漱石平生願，自有幽禽慰寂寥。

題所藏葉瑤期小鸞落花蛺蜨圖

娉婷瘦蜨小游仙，夢斷紅閨十七年。留得千秋靈慧筆，落花如雨草如煙。

松石爲趙少芬震作

涼風動笙籟，積雨長莓苔。自分空山老，何論材不材。

芙蓉白鷺

眾芳搖落後，秋意滿陂塘。何處篁棲叟，相偎對夕陽。

鉤勒芭蕉爲羅雁峯作

寫出亭亭玉立身，一拳秀石亦嶙峋。乾坤浩氣原難得，莫向黃塵索解人。

聽泉圖

雙松拔地奇還古，一樹淩霄老更妍。寂寞山亭秋草滿，有人危坐聽流泉。

湘江竹林圖爲周祥五作

横江一片碧，蕩漾帶斜暉。欲向此中住，扁舟不忍歸。

畫鷹

古木挂秋蘿，寒溪弄細波。蒼鷹擊鵬罷，刷羽立高柯。

題畫雜寄三十首

秋落空潭晚更凉，林亭兀坐對斜陽。數枝戲寫懸厓竹，似否崑山夏太常。楊亦文

霜花競豔蛩吟後，露葉敷紅雁帶來。秋色撩人無限好，短籬一日一低徊。胡籲門

風到叢林動客思，小窗弄筆影離離。請看濕緑如雲處，彷彿瀟湘雨過時。 王慕沂

一夜西風迫曉寒，買山無計賦歸難。家園竹好無由看，畫入生綃一兩竿。 謝作霖

雨過南湖散綺霞，蕭蕭松栝自杈枒。尋詩記得藏春塢，開徧瞿陵爛漫花。 謝霖甫

美人遲暮同深慨，君子交期以淡成。最愛青青蘭與竹，不因寒燠負平生。 周茲明

昨宵細雨濕莓苔，短徑疏籬手自栽。斜日半窗髹几淨，亂拈殘墨寫將來。 瞿受申

層厓誰種碧琅玕，細雨褵褷鳳羽寒。多謝采樵人未折，秋風江上作漁竿。 謝仁冰

爛漫黃華霜落日，離披丹葉雁來時。紛紛笑煞閒花草，纔著西風便不支。 周志輔

細竹風前搖嫩緑，老梅雨後綻深紅。年年清福供消受，羡極山中白石翁。 葉文樵

艤櫂黃陵古廟前，鷓鴣啼斷未成眠。隔江叢翠濃於染，宿雨初晴更有烟。 林復滬

盈階漫訝江楓色，短徑微聞野菊香。擁膝長吟蘿屋底，一天風雨作重陽。 范季美

十年身事感滄桑，寂坐蕭蕭百慮忘。自笑未能除習氣，一簾秋雨寫新篁。 李劭齋

淡月徘徊暮雨收，一聲歸雁觸人愁。虛齋寂歷無塵跡，臥聽疏梧滿院秋。 周支山

自縛枯藤作矮闌，西風吹袖不知寒。閉門卻似陶居士，黃菊青松耐冷觀。 劉竺生

平生到處惟栽竹，嗜好真同王子猷。記得推篷湘水曲，一枝清影落寒流。 楊子若

青山缺處月初上，緑竹叢中晚更涼。客裏何從尋畫稿，夜深清影滿山窗。 王慕莊

夢餘興好寫琅玕，小院蕭蕭曉雨寒。彷彿西溪溪上景，便鴻遥寄座中看。　吴復初

十年湖海賦歸難，畫裏家山強自寬。更合溪頭著茅屋，數竿相對任清寒。　湯愛理

春到長安草木榮，萬千紅紫任縱横。此君自樂幽閒地，白石清泉過一生。　梅介節

歲寒贋種竹青青，萬個玲瓏映小庭。怪底夜深驚鶴夢，一枝風曳入疎櫺。　吴友梅

何人種竹滿江濱，雨葉烟梢絶俗塵。不斷清陰三十里，愛他夏日護行人。　沈子肅

擾擾風塵兩鬢絲，舊游零落不堪思。遥知月白風清夜，滿室花香一卷詩。　費左荃

細雨輕風送晚雷，蕭蕭緑籜落莓苔。一條莎路芒鞋印，定有幽人看竹來。　錢夢鯤

金猊不熱海南香，坐對幽花百可忘。寫得端莊流麗意，一生低首鄭昭陽。　趙浣蓀

捲盡秋心不染塵，一枝霜葉更清新。夜來忽作瀟瀟雨，愁極寒衾獨擁人。　趙敬謀

西湖昨夜買花回，栽向庭階雪作堆。天地寂寥山月吐，亂穿清影入簾來。　劉茗石

日日山窗寫竹枝，寂寥生活不須悲。爲農未學爲官辱，甘作人間老畫師。　鄧春澍

風吹古木聲俱淡，雪霽空庭意自清。最愛日斜窗子上，幾枝殘葉不分明。　孫伯衡

俯仰空驚兩鬢華，風塵倦客愛煙霞。從今薄俸須珍重，半買青山半買花。　吕寶承

藤花睡鴨

昔過藤花澗，濛濛紫氣昏。誰家卑脚鳥，酣睡寂無言。

畫松

槭槭西風萬木枯，呼毫縱寫五松圖。蕭寥自分邱巖老，耻向人間作大夫。

畫竹與周叔弢

偃蹇空山裏，清風自往還。何時化龍去，霖雨滿人間。

畫蘭與意箴翁

羈旅半生愁杜老，哀吟七澤感湘靈。秋風容谷花初好，移取贈君三兩莖。

題畫

日出而作日入息，耕田鑿井無餘事。莫笑山民不讀書，人生識字憂患始。

曉起步至葦村即景畫與吳稚雲

柴門疏柳自橫斜，幾曲清溪勝若耶。獨愛曉風殘月裏，滿池開徧白蓮花。

題畫寄石工

千里家山空入畫，十年江海未歸人。清秋不用悲寥落，沙上閒鷗自可親。

畫竹寄鐵山

我有畫竹癖，無藥可能療。伏几三十年，一悟通萬竅。結體文洋州，用筆王逸少。日作二十紙，委曲盡其妙。窗下青琅玕，百態任風搖。呼毫寫奉君，相對應一笑。

畫竹與君路馳

闢得地三弓，移來竹幾叢。平生苦炎熱，縱筆寫秋風。

菊溪圖爲昀溥作

秋風花逾密，巖深香更幽。西風太多事，吹逐水東流。

題畫寄孝麓

淺渚生幽草，危亭倚斷虹。高岡閒獨立，長嘯碧天空。

題畫寄孝麓

淺渚生幽草，危亭倚斷虹。高岡閒獨立，長嘯碧天空。

畫竹贈覺先上人

寂歷空山迥絕塵，雨餘竹木轉清新。深堂小展蒲團坐，定有清風暗襲人。

題畫

水村爛漫秋光好，兩岸芙蓉弄夕暉。沙鳥自來還自去。老夫於世久忘機。

題篔簹谷圖與王孝慈

草堂幽閴背青山，雲水悠悠相對閒。一幅篔簹堪送日，不能辛苦學荊關。

畫梅寄謝玉岑

涼雲叆叇月黃昏，蘚潤苔滋老樹根。燒盡沉南清不寐，剪燈和雪寫花魂。

枯木奇石畫與毛耀東

盤錯虯孤根，嵚岑峙奇石。何時逢此境，清吟坐朝夕。

題畫

春雨刺花肥，春風細柳齊。何須千萬樹，聊借一枝栖。雀
淺渚夕陽多，涼颸動芰荷。橫塘清夢穩，江海任風波。鴨
溪水碧於染，蓼花紅可憐。蕭然雙白鷺，枯立夕陽天。鷺
高柯起涼飆，叢竹隱殘月。霜重夜寒生，飢鷹聳毛骨。鷹

題滌煩畫玩桂圖

素手纖纖折一枝，芬芳滿袖有誰知？嫦娥莫漫愁孤寂，爲愛清光坐少時。

爲芸夫作知不足齋圖題

三字名齋知不足，先生懷抱劇謙光。平生不學吾真愧，祇合臨流歎望洋。

雅好端能齊海嶽，日從頑石覓山青。紅塵不到高齋裏，一片松風隱几聽君好石，收藏頗富。

無已晚知書畫益陳后山詩「晚知書畫真有益，卻悔歲月來無多」，君能收貯未衰時。白雲蒼狗須臾事，斗室游觀足解頤。

莫道出山泉水濁，地偏心遠有淵明。論詩讀畫從君好，一任門前歌管聲君居近南市，笙歌常徹夜不絕。

題畫與楊子遠

此身何地不相容，結屋深林慰我慵。泉響松聲暮相答，隔雲又動寺樓鍾。

贈吳叟觀岱索畫石雪齋圖兼寄廉叟南湖蔣丈遇春

一生疏曠龍泓老劉長卿詩「一生自疏曠」，丁鈍丁嘗刻之石，幾卷琳琅秋岳翁新羅山人筆墨超逸，不染纖塵。君畫似之，所著《觚廬畫萃》已印行。同作長安十年客，蹉跎惜未挹光風。

流水音中客緒紛，披圖憶對綺簷曛君爲南湖寫《流水音圖》，奇石喬松，精妙無匹。每覽斯卷，輒觸舊游。《南湖詩意冊》尤精於世，每幀有吳紫英女史題字，洵爲雙絕。廉詩吳字先生畫，並世風流四海聞。

小築城南石雪齋，筆床茶臼任安排。欲憑造化丹青手，寫我蕭騷處士懷。

江湖高臥薄浮名，落紙雲煙世已驚。聞說元卿三徑好，尚思載酒過書城。

畫蘭雜寄

東風無地託孤根，賸欲幽懷寄墨痕。萬壑千巖自風雨，最難磨滅是芳魂。溥堯岑

秀勁花枝剛健葉，下蒙幽谷上千霄。最天然處誰能寫，低首揚州鄭板橋。莊紉秋

雨霽初驚枕簟秋，懶思身事獨搔頭。芷汀蘭渚秋無際，寫入生綃遣客愁。邵仙洲

蕭蕭庭樹靜昏鴉，風動爐煙一縷斜。晚夢初殘新月上，滿階畫稿印蘭花。丁雨莊

滿山溪水碧潺潺，倒影扶疏意自閒。如此丰神如此骨，那應流落到人間。王翼如

芭蕉影落碧窗紗，睡起繩床日又斜。一縷幽香無覓處，瓦盆纔發兩三花。戴蘭溪

桃花燕子畫與劍潭

春風習習滿山村，幾樹桃花隔短垣。識否年時梁上燕，歸來猶覓舊巢痕。

題畫與劉同仁

淩霜苦竹無人愛，浥露春花又易衰。賸有短籬秋色好，一枝開到雁來時。

題新篁幽鳥與楊公瑕瑜

蕭疏寒竹映晴漪，窈窕幽禽弄晚曦。我愧白沙三絕筆，詩中寓畫畫中詩。

京津道中遇張新吾感憶舊游畫扇貽之

十年不與聯床話，邂逅天涯感慨多。忽憶同舟湘水上，萬竿修篠浸清波。

石雪齋詩稿補遺

《石雪齋詩稿》梓行後，徐石雪移家大連。已巳年，《東北文化》中「詩壇」刊有徐石雪《題畫竹一百五十首》（實存三十首），爲《石雪齋詩稿》未載。翼廬孫海鵬先生勤於蒐集，今錄於末以存之。另有《庚午重九日同人登驛樓尋龍山故事口占戲呈諸老斧正》一首，則錄自《翼廬慵譚》（沈陽萬卷出版公司）。原文缺字之處用□代替。金聲識。

題畫竹一百五十首

兩毛著髩已成翁，世事浮雲一笑中。惟有年年江上竹，翠煙依舊繞孤篷。

瀟湘千里數遊踪，岳麓山前拄长筇。堪笑半塵霧裏□，江千一碧旷心胸往年游岳麓时所见如此。

扶疏倒影落光窗，小閣凝爲萬慮降。新得南唐硾熟紙，垂簾永晝畫湘江。

五十龍鍾兩髩絲，功言不朽已難期。畫名欲學湖州守，贏得千秋婦孺知。

勝國高風有二歸謂文休、玄恭父子，墨華零落近來稀。寒宵漫擬淇園筆余藏有文休所畫淇園萬綠長卷，雨葉煙梢是也非。

擾攘車塵與簿書，幾時偃息在吾廬。一枝幽竹淋漓寫，彷彿山窗月上初。

今日文蘇眼底無，小生名亦濫吹竽。焚膏繼晷勤揮灑，三十年□卻不誣。

萬竿高迴與雲齊，翠葉離披咫尺迷。夢斷孤舟正愁絕，一江寒雨鷓鴣啼。

自笑疏庸與世乖，朝朝寫竹託孤懷。結茅何日深山裏，幽靜真宜小住佳。

昨日南山徙竹來，長鑱辛苦屬蒼苔。十年樹木空成計，誰向柯亭認異材。

舉目江河幾劫塵，故□花木不成春。南窗賸種蕭疏竹，瘦影臨風尚可人。

沈沈六合盡風雲，十載戈矛未解紛。聞說夷陵成赤地，更無清淚滴湘君。湘妃竹出峽州宜都縣，數經兵燹，聞已絕矣。

一臥林邱絕世喧，坐娛清景盡朝昏。歲寢知己惟幽竹，風雪空山自閉門。

關河浩蕩劫灰寒，獵獵霜風鼓角殘。千畝渭川焚掘盡，數莖高挂粉牆看。

墨竹曾傳盛宋元，祇憐畫手已如山。風神洒落吾誰與？應在文蘇趙顧間。

萬綠從中屋□椽，濕雲如雨雨如烟。酒杯書卷平生足，餘事尤堪以畫傳。

風雨空堂漫寂寥，數竿寒竹自蕭蕭。葉飛枝舞兼真妙古云：東坡之竹妙而不真，息齋之竹真而不妙，師友千秋是仲昭。

海角淹留等繫匏，愁聞風竹冷相敲。荒荒白日真堪惜，消得新篁一兩梢。

難過何須嘆二毛，自鳴一藝亦堪豪。墨磨萬挺筆千管，不作文蘇作趙高（與可、東坡、松雪、房山）。

文（與可）蘇（東坡）高（房山）趙（松雪）顧（定之）吳（仲圭）柯（凡丘），逸氣高懷盡不磨。數到有明王（孟端）夏（仲昭）後，能知此意竟誰何？

何處溪山足我家，蕭寥五十尚天涯。寒沙碧水青青竹，月後茅屋似浣花。

疏竹坐嘯對斜陽，習習風吹細細香。世事廢興寧可說，溪山畫裏足徜徉。

曲榭臨溪晚更清，西風霎霎雨初晴。草堂舊事堪追憶，兀對寒燈聽竹聲。

瓏玲萬個響林亭，一路蕭蕭最可聽。恍入後山詩境裏，果然小徑夾葱青。

功名著作兩無能，漱墨山堂百念澄。風雅一門仍孝友，瓣香敬爲趙吳興。

渭川千畝等分侯，人世浮榮未足儔。我有墨君千萬個，一時看盡四時秋（所藏宋元明清名人墨竹十餘卷）。

高枝不受點塵侵，俯映寒溪月影沈。呼作蘆麻原不辯，祇愁逸氣愧雲林（倪雲林題竹云：他人視之以爲麻爲蘆，仆亦不敢強辯爲竹，又謂余之竹，聊寫胸中逸氣耳）。

風塵今日已難堪，欲向叢篁寄一庵。暮雨乍收新月上，鳳毛零落滿空潭。

兩賢真妙已難兼（謂東坡、息齋），畫到濰夾（鄭板橋）法更嚴。粉本只應師造化，幾枝清影映疏簾。

身行萬里半天下，邱壑胸中自不凡。誰識湖州三折法，一枝風曳起重巖。

庚午重九日同人登驛樓尋龍山故事口占戲呈諸老斧正

大赫山前紅葉秋，大連灣外碧濤流。以文詩侶詩遺遒，同登海濱七層之高樓。淮海清吟誰可酬？水天景色尺幅收，偉伯工飲道衡謳。英才雅慕黄孟剛，煙塵澒洞迷九州，舉杯相對真良謀。人抱龍山落帽憂，風蕭蕭兮不可以久留。

遂園印稿

辰芬篆刻

遂園印稿
樊山題

遂園印稿

趙世駿題

三十五歲

遂園圖
養吾仁兄大人
屬寫
丙辰二月

十有九違天下事百無一可
眼中人秖餘巖壑幽棲地收
取江湖放浪身此樂廿年勝

南面平生一論過西秦舊聞
陽羨田堪買願与先生結比
隣

題遂園圖乞
養吾道長教定 鉛山胡朝梁

篆用圓隸用方漢篆
寖方通隸法矣篆刻
域於石不得不方々篆
未有不通乎隸者也徐
子養吾少工書於篆

隸之學皆得其源是
故刻印極精時罕匹
比予少時得鄉人趙
仲穆印譜仿刻之鐫
石累百不三年舍去遂

不能工今養吾樂此
有年鍥而不舍仲穆
豈能限之哉抑又聞
之書家語曰如錐畫沙
如印印泥夫言書而以

錐畫印〻為喻則書與印一而已曾文正謂如錐畫沙陽剛之美也如印〻泥陰柔之美也陽剛之說則既聞命

矣陰柔之說所不喻也予謂如印之泥者言貫力垂而分明四隅並到也養吾既工印又工書請以贊之即以序其印

癸丑三月

同里錢振鍠

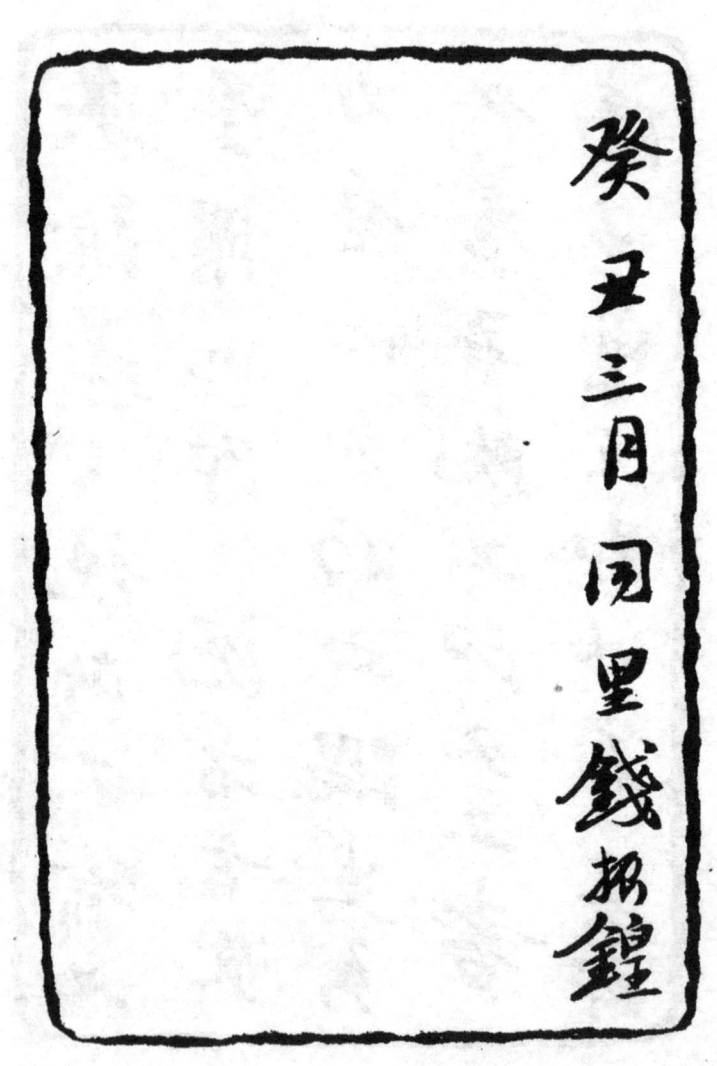

徐君精篆刻都
之為一集龍泓丁
鈍丁端可与平揖
養吾仁兄屬題
衍

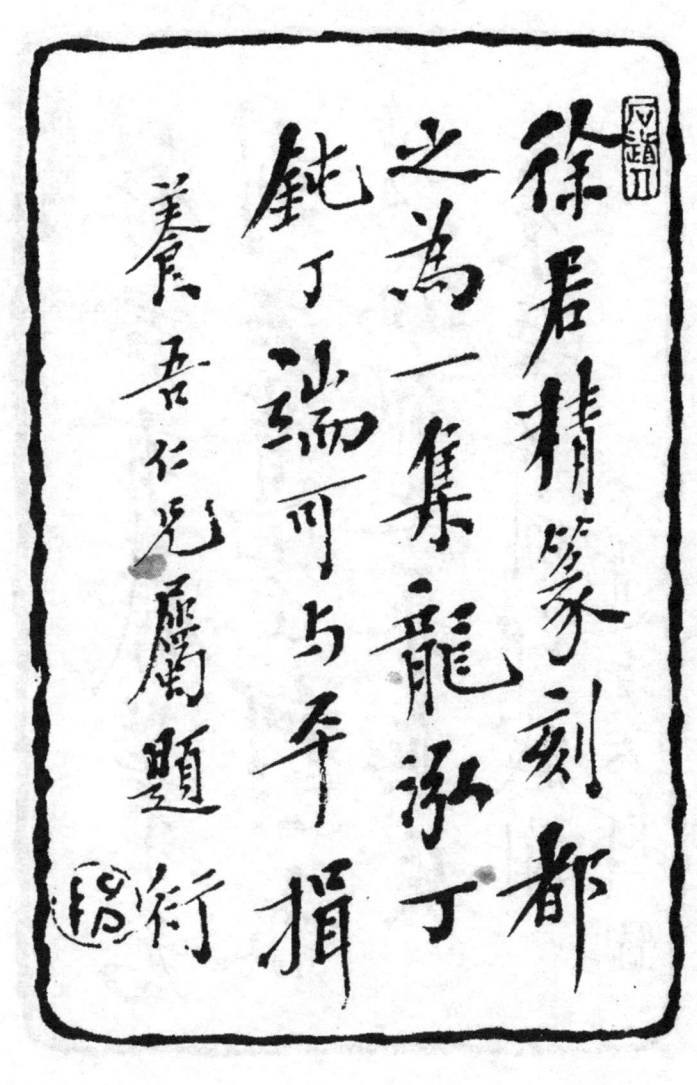

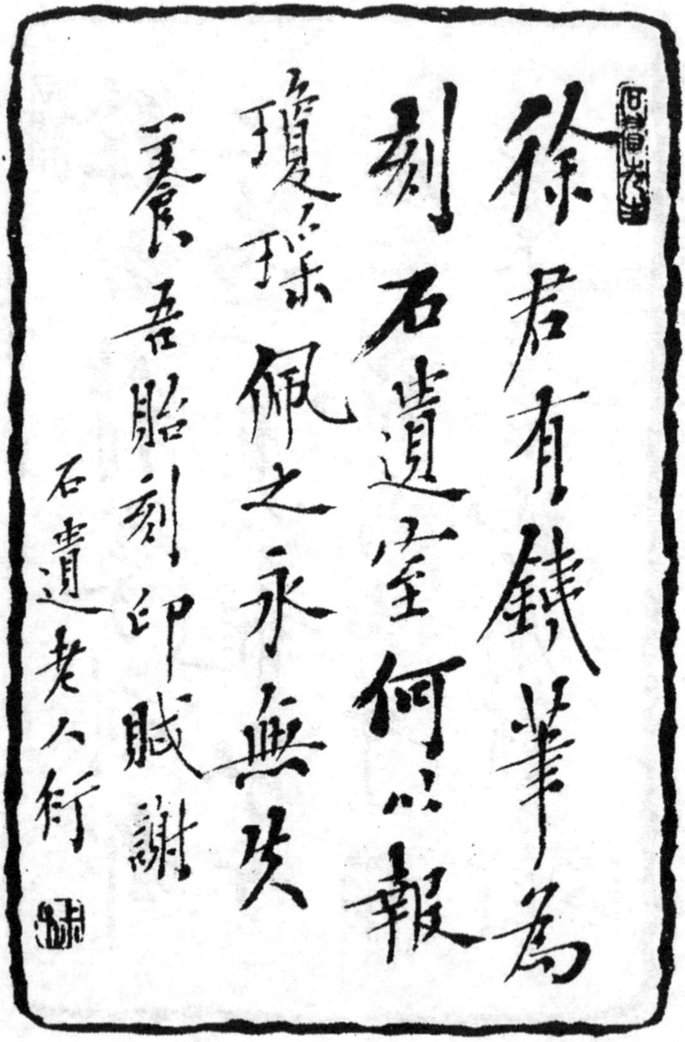
徐君有錢筆爲
刻石遺室何以報
瓊琚佩之永無斁
賚吾貽刻印賦謝
石遺老人衍

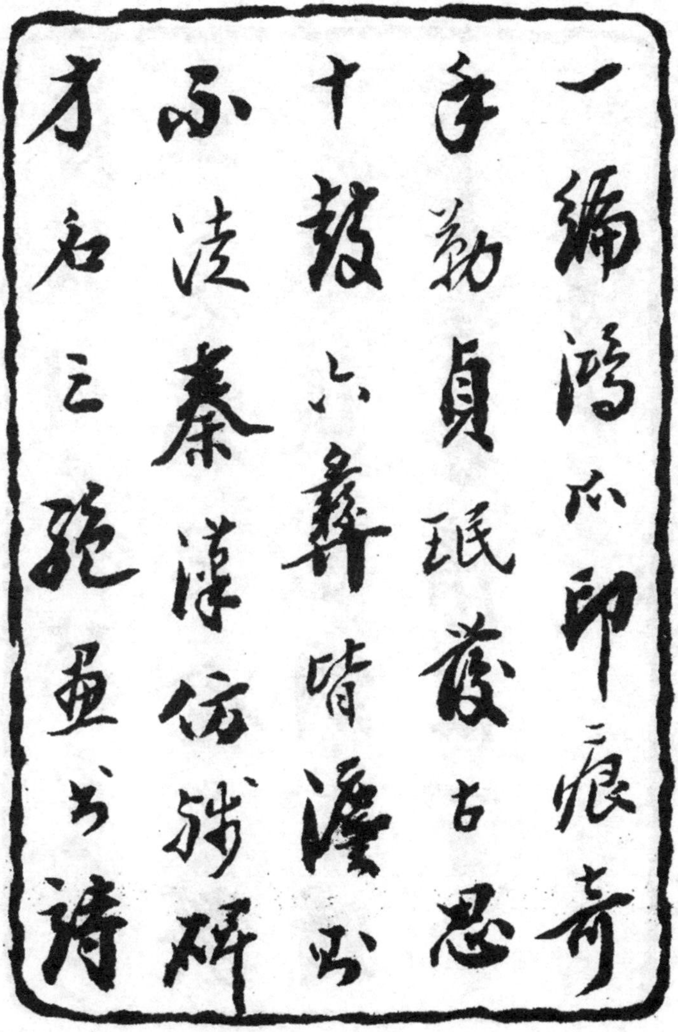
一編鴻爪印痕奇
手勒貞珉發古思
十鼓六彝情灑出
不違秦漢仿殘碑
才名三絕畫書詩

許我日看孤鸞舞
玉亮輪居金石契
一枝銕筆剝蝕時
表至世讀法家
肇正

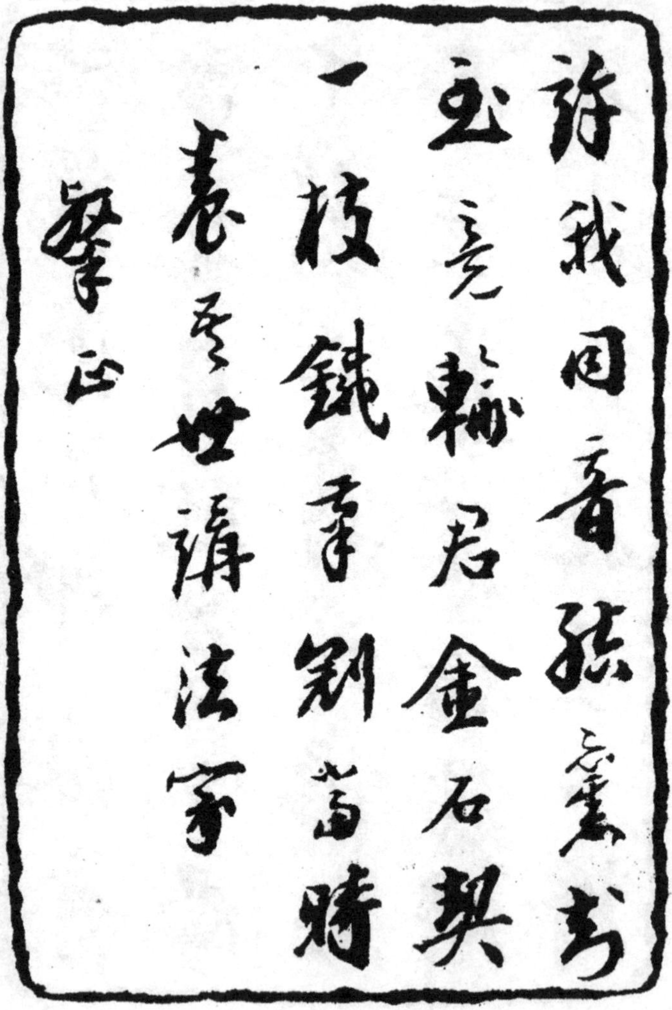

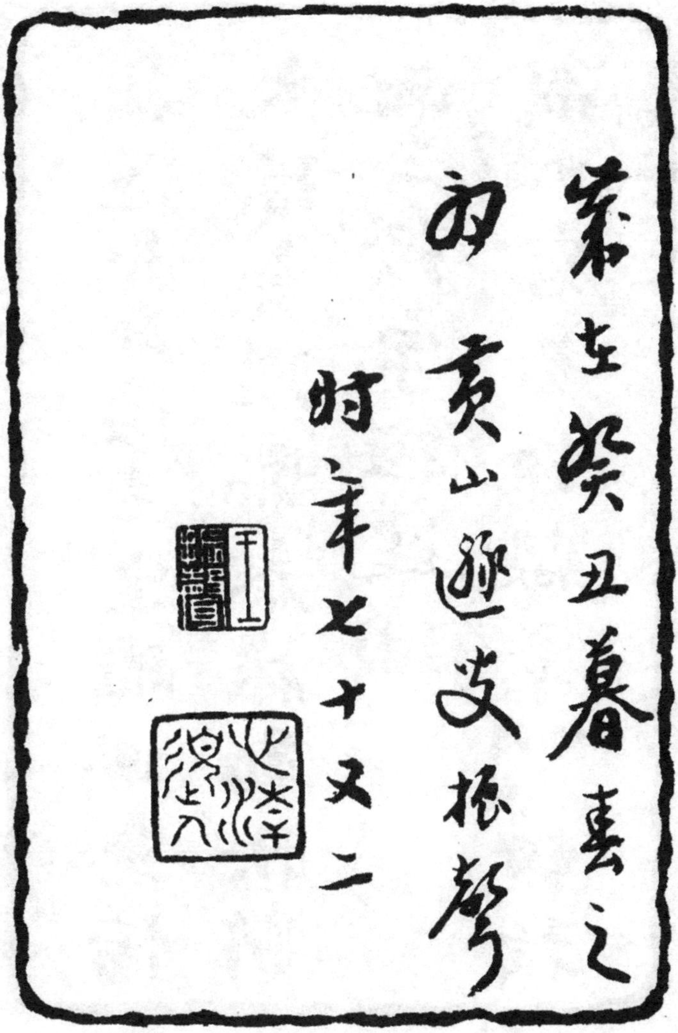
岁在癸丑暮春之
时年七十又二

每從介石悟三生
雕琢無傷太璞貞
漢鼎秦權勤扶剔
兩三殘字抵連城
成如容易卻艱辛
用成句 繞指

棄時百鍊經劫火大千燒不
壞袖中籠得小金庭曾乞
先生為
鐫金庭山灑掃
僮六字小印
小詩奉題

養雲先生印稿

冕渠劉原道貢稿時壬
子八月書金庭泉上

讓翁不作悲盦渺秦漢真
詮漸失使徐郎崛起推
能事此筆足支三百年
三絕才華遂等倫即論
篆刻乃通神求之今世豈

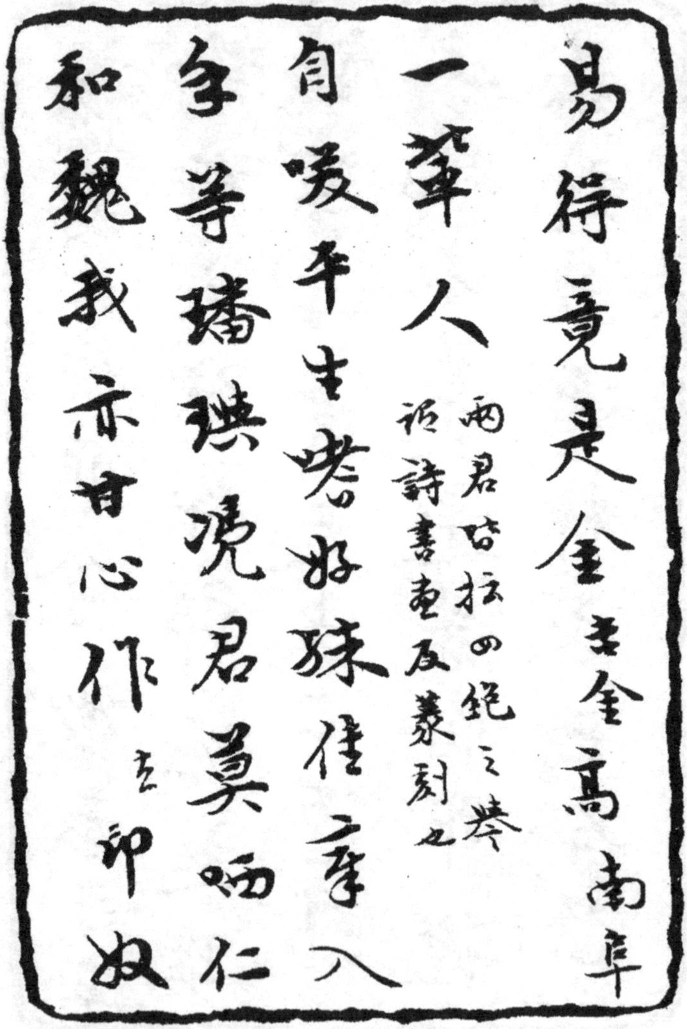
易得竟是金吉金高南阜一輩人
兩君皆擅四絕之譽
謂詩書畫及篆刻也
自嗟平生嗜好殊儕輩入
手等璠璵況君莫哂仁
和魏我亦甘心作古印奴

魏稼孫著篆刻，善叙人刻印，嘗屬趙
撝叔為製印，如小印不倭，殆焉之同癖也

家有三賢古印章，錦囊
什襲夜生光。何時過我
空齋坐，共尔摩挲到
夕陽。

敝藏有黃文節錢印及文湖
州陸劍南兩銅印，同置所居，曰三

印齋

乙卯新秋季題

養吾道兄所著鐵書印

訒　季放浪士題於三神山

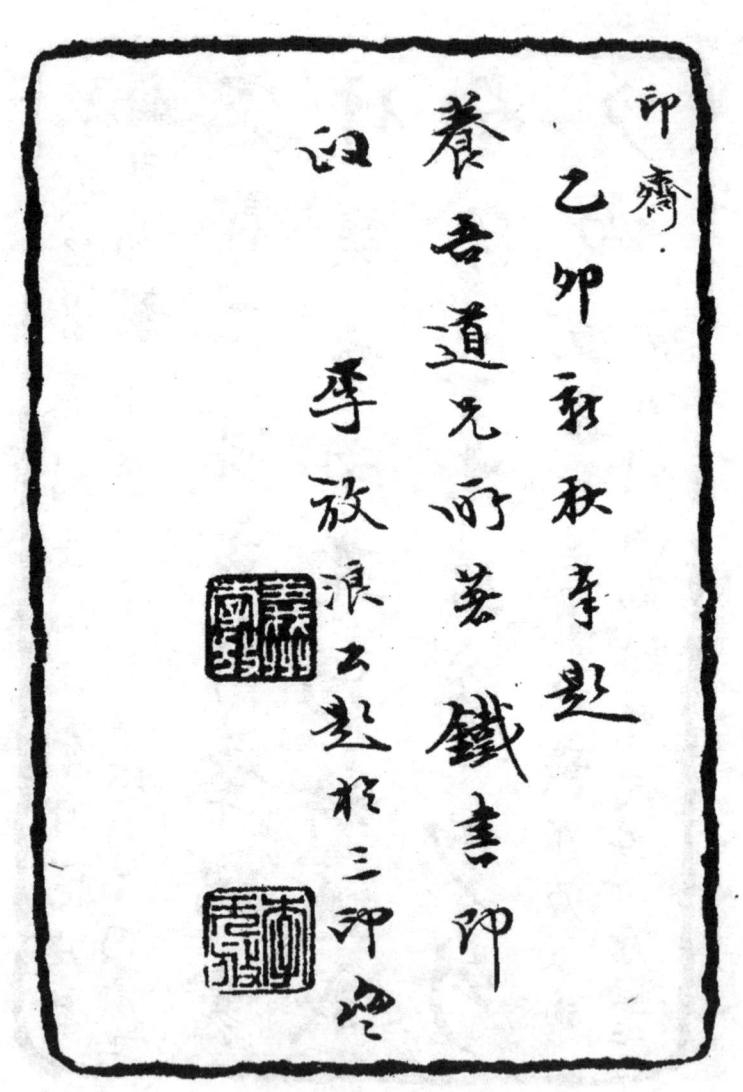

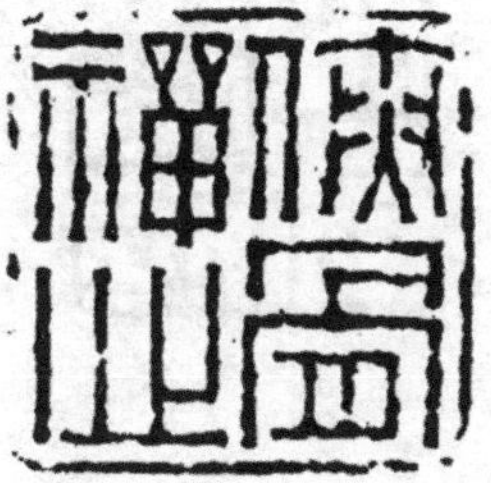

俠骨禪心

不俗即仙骨

問梅消息

詩卷長留天地間

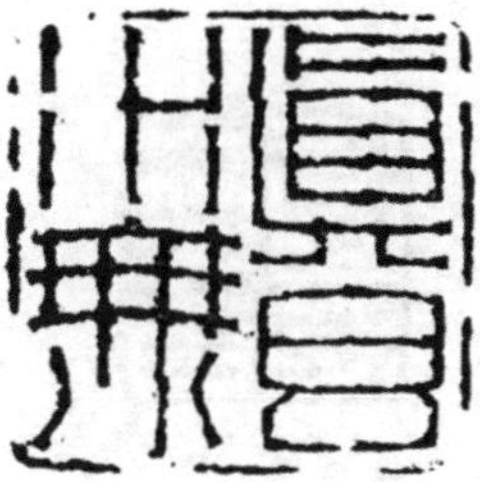

真水無香

一笑百慮忘

賣畫買山

心無妄思

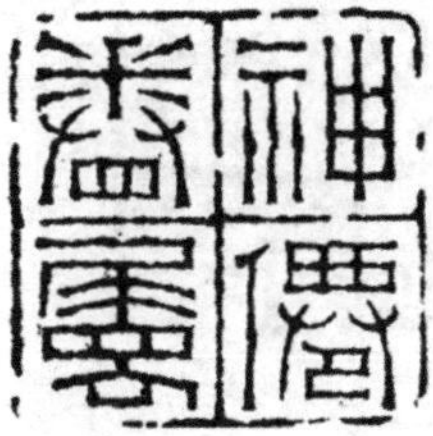

神仙眷屬

一生自疏曠

怡然自得

自成一家

且陶陶樂取天真

貽爾子孫

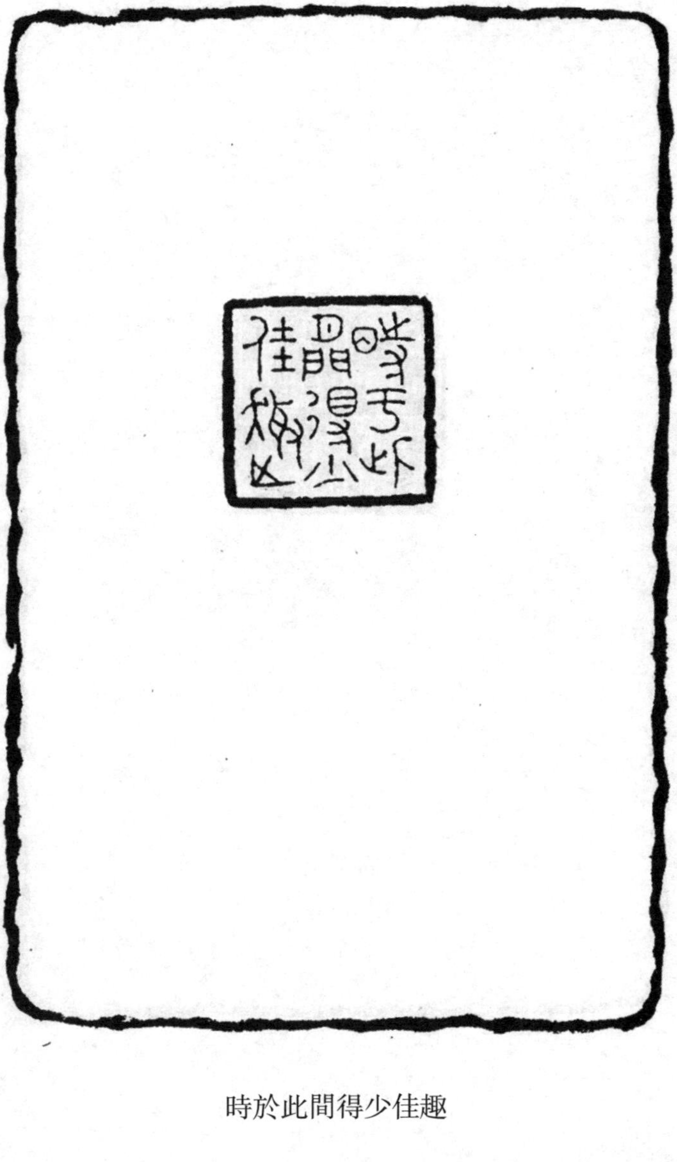

時於此間得少佳趣

幽清寂寞

徐宗浩

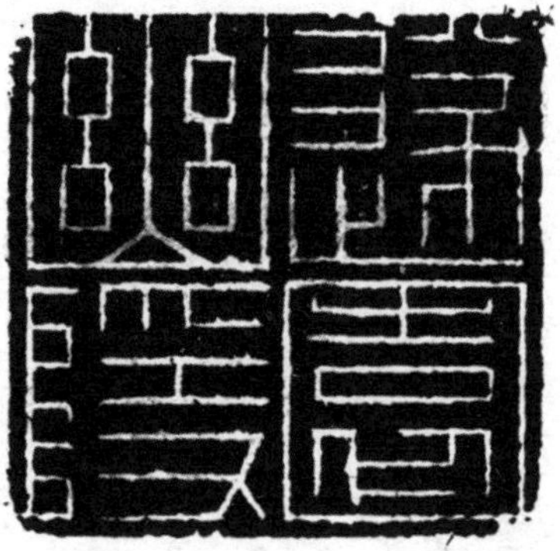

遂園幽隱

徐伯子

徐大

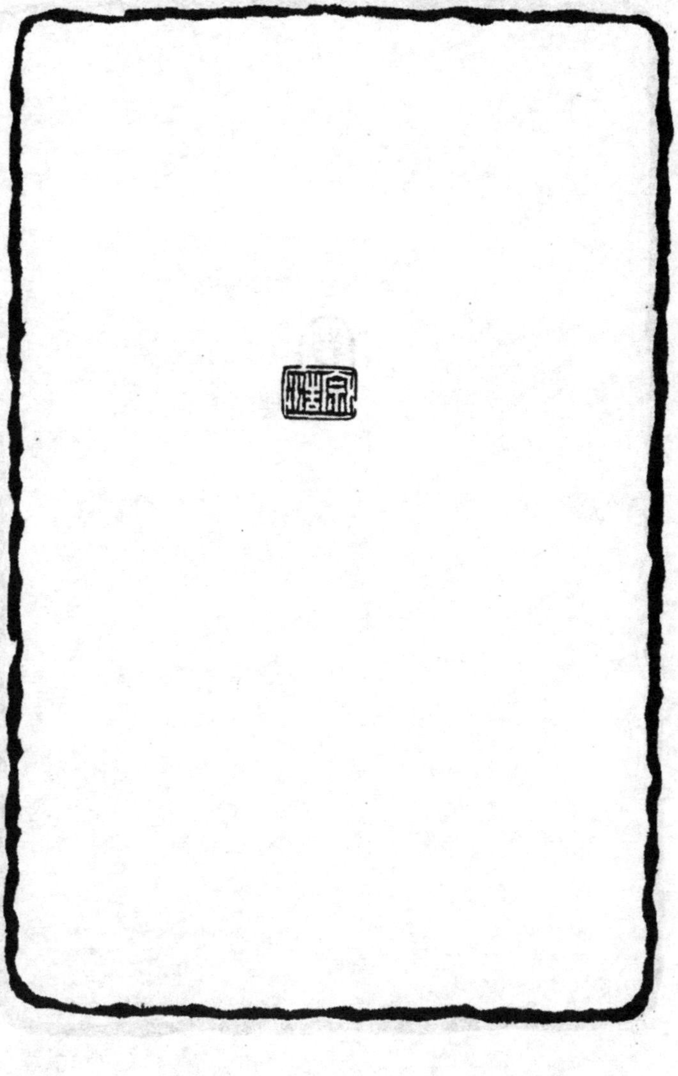

宗浩

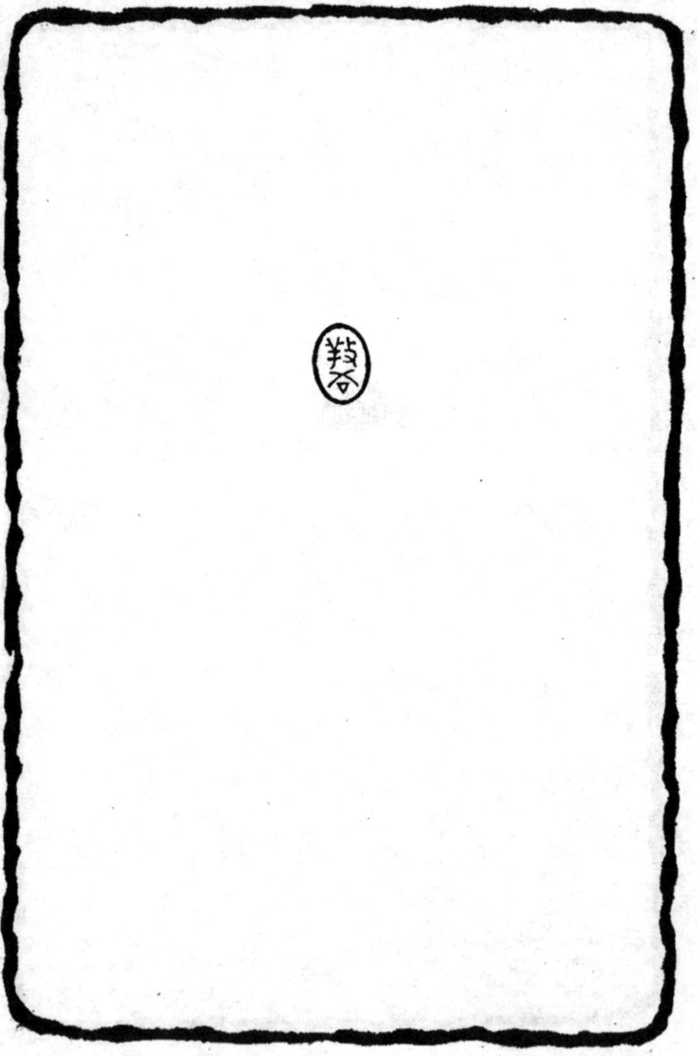

養吾

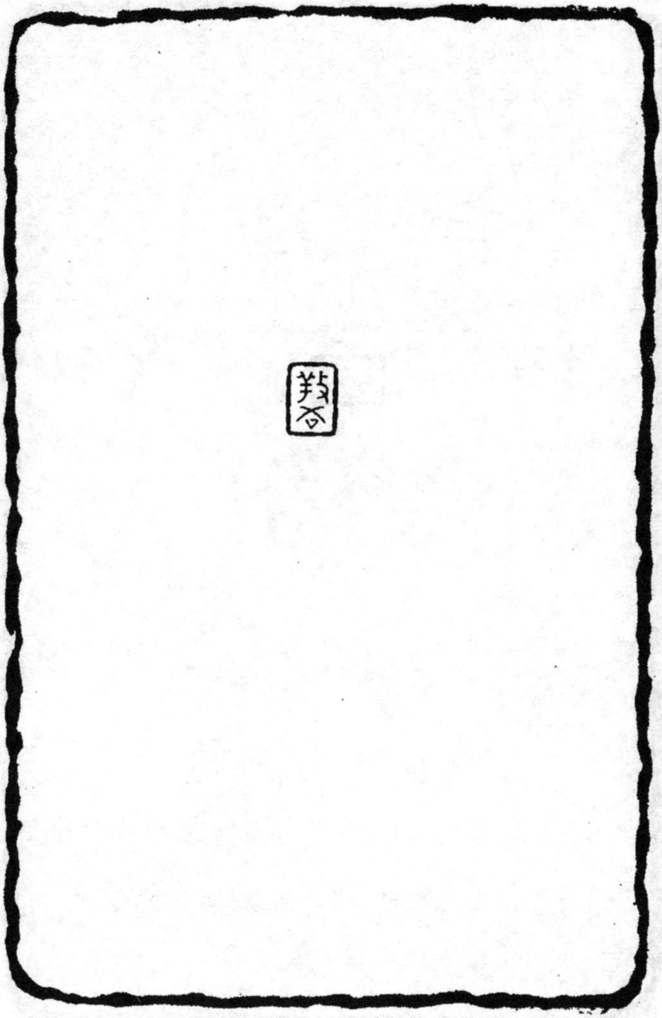

養吾

養吾

養吾讀

養吾書畫

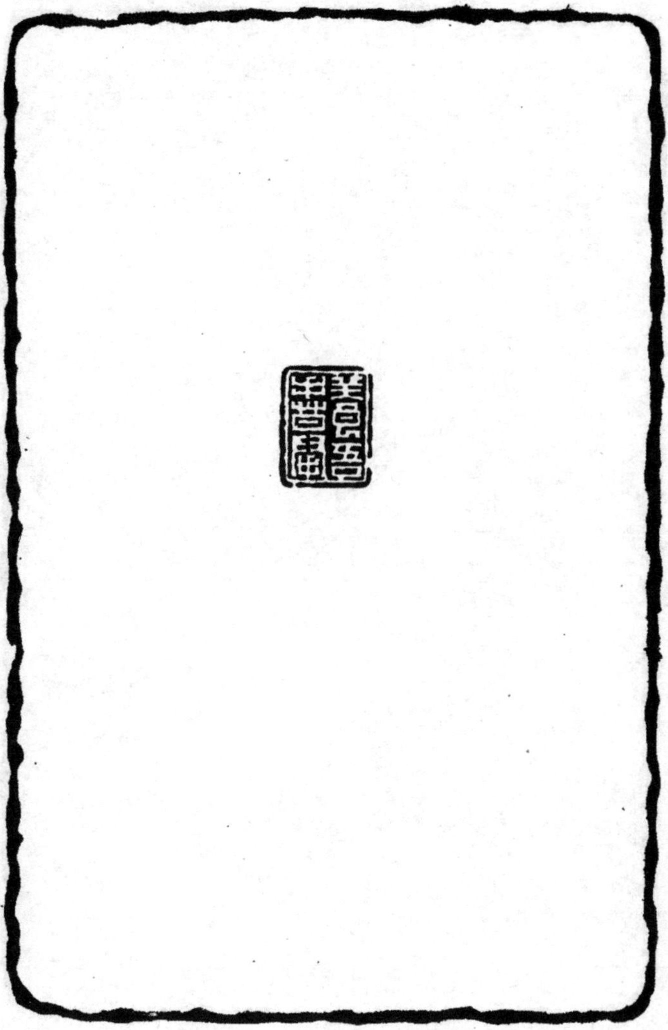

養吾手摹

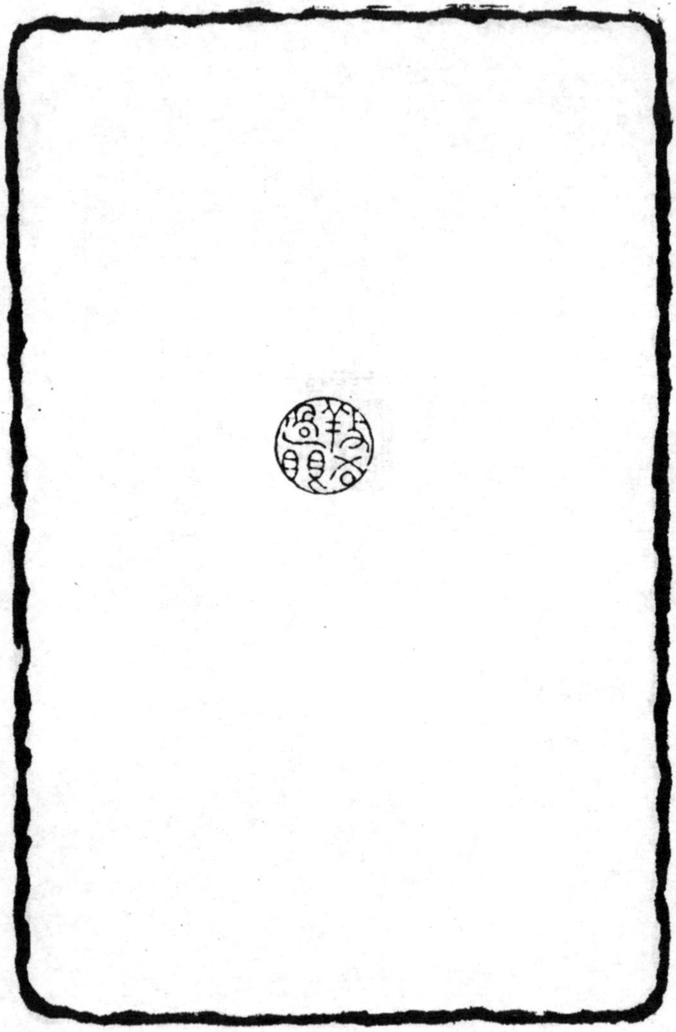

養吾過眼

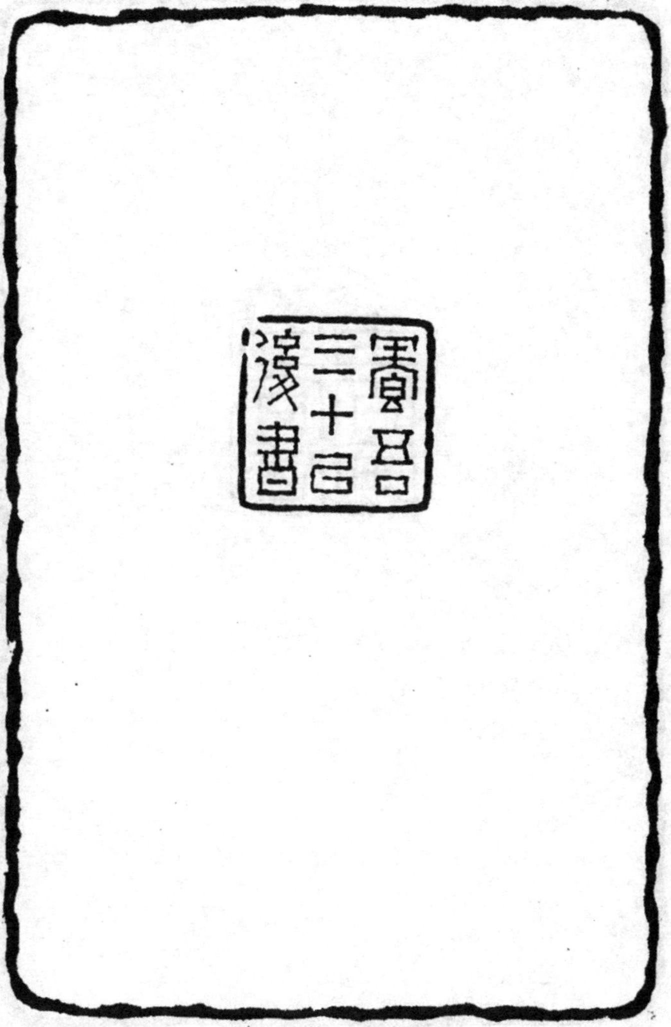

養吾三十以後書

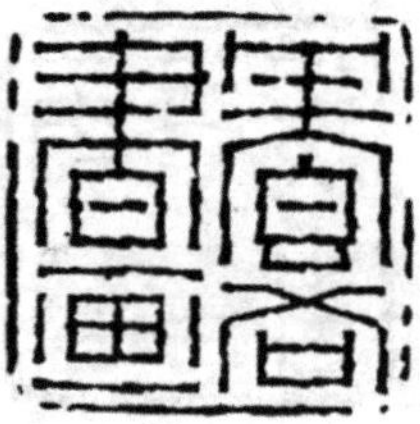

養吾書畫

遂園

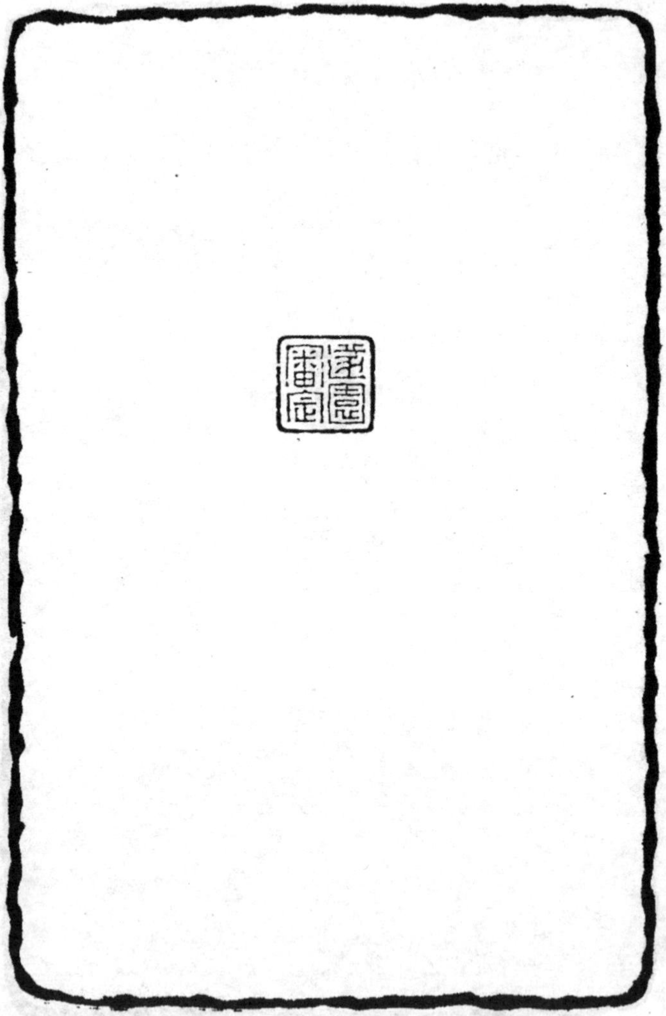

遂園審定

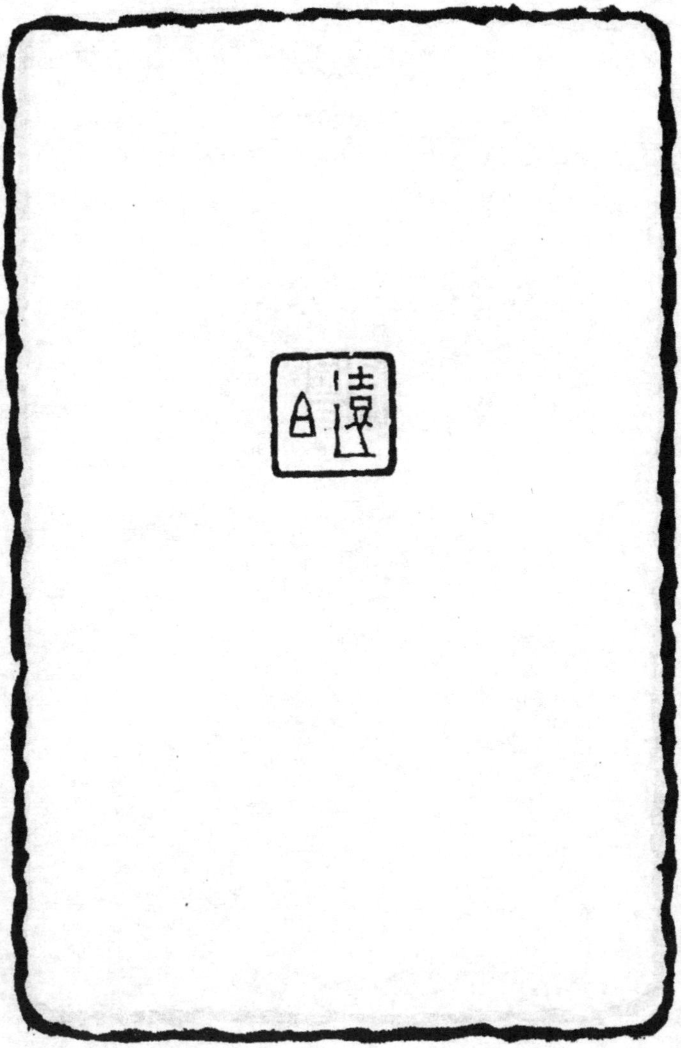

遠白

遠白父

遠白

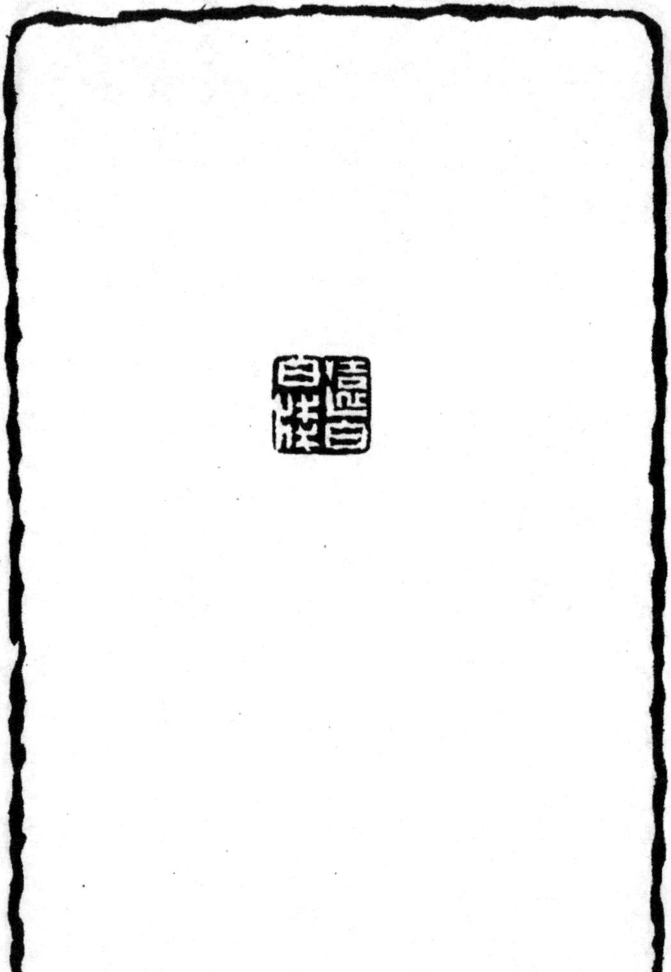

遠白白箋

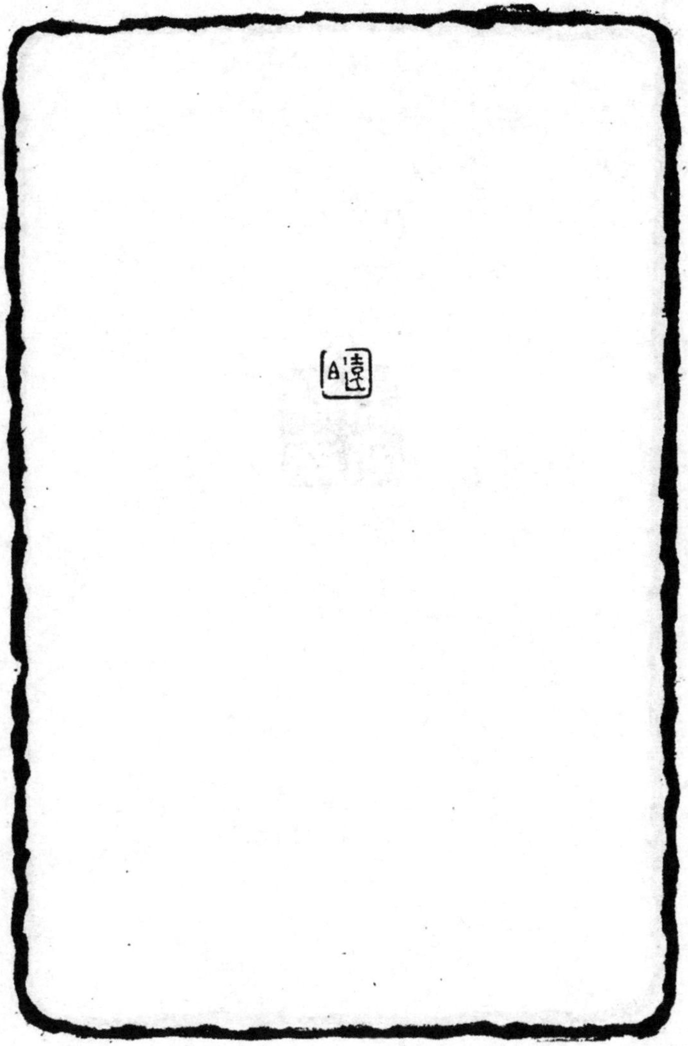

遠白

江南布衣

遠白珍藏

東海

孺子後人

江南布衣

徐大此印與第二三〇頁重復

徐郎

遂園詩畫

遂園初稿

養吾

宗浩

养吾此印與第二三三頁重復

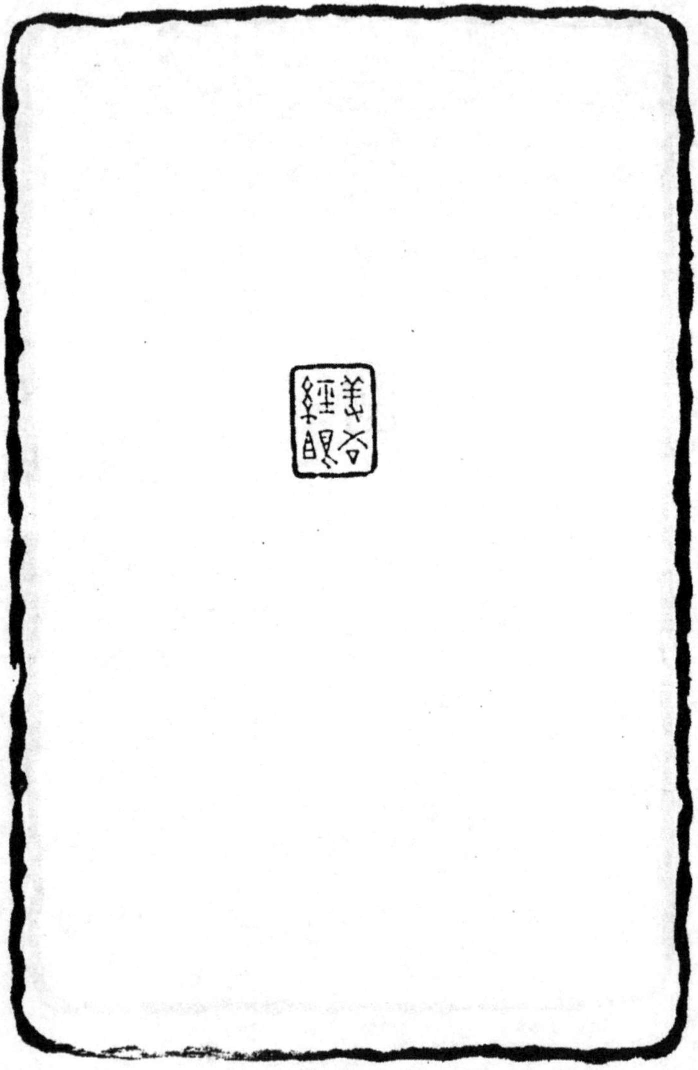

養吾經眼

宗浩私印

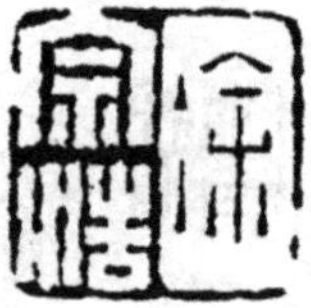

徐宗浩

徐

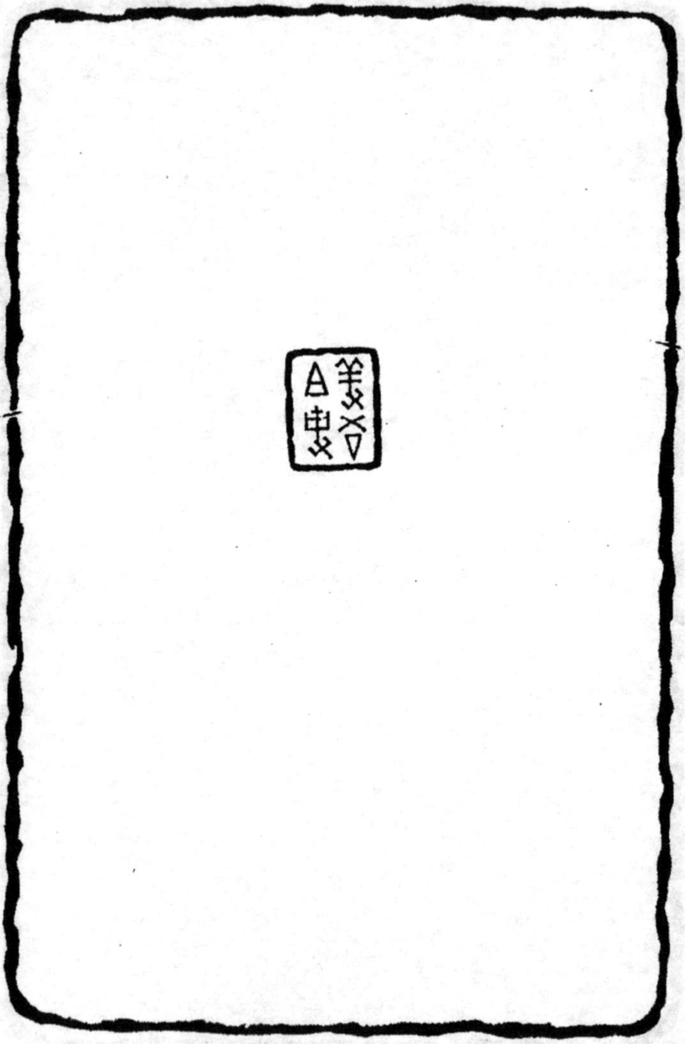

養吾白事

石雪居士

石雪道人

徐石雪詩書畫

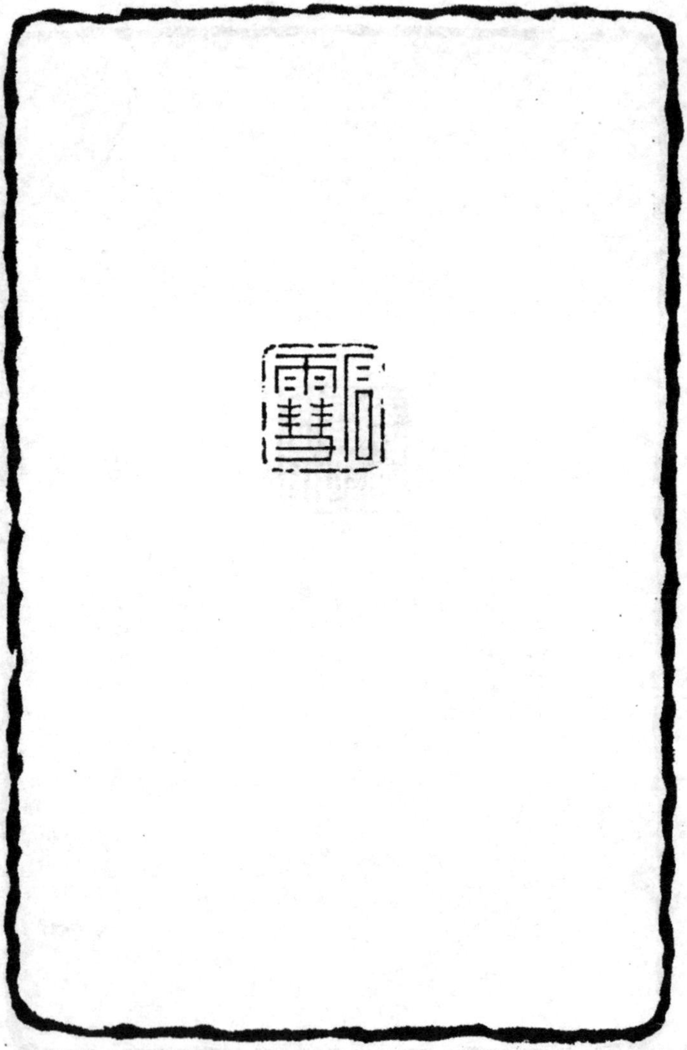

石雪

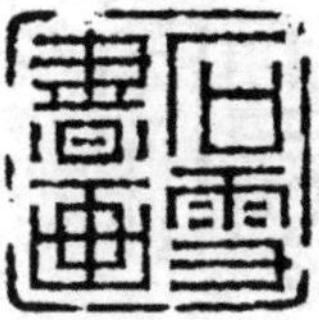

石雪書畫

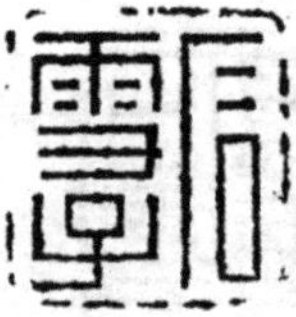

石雪子

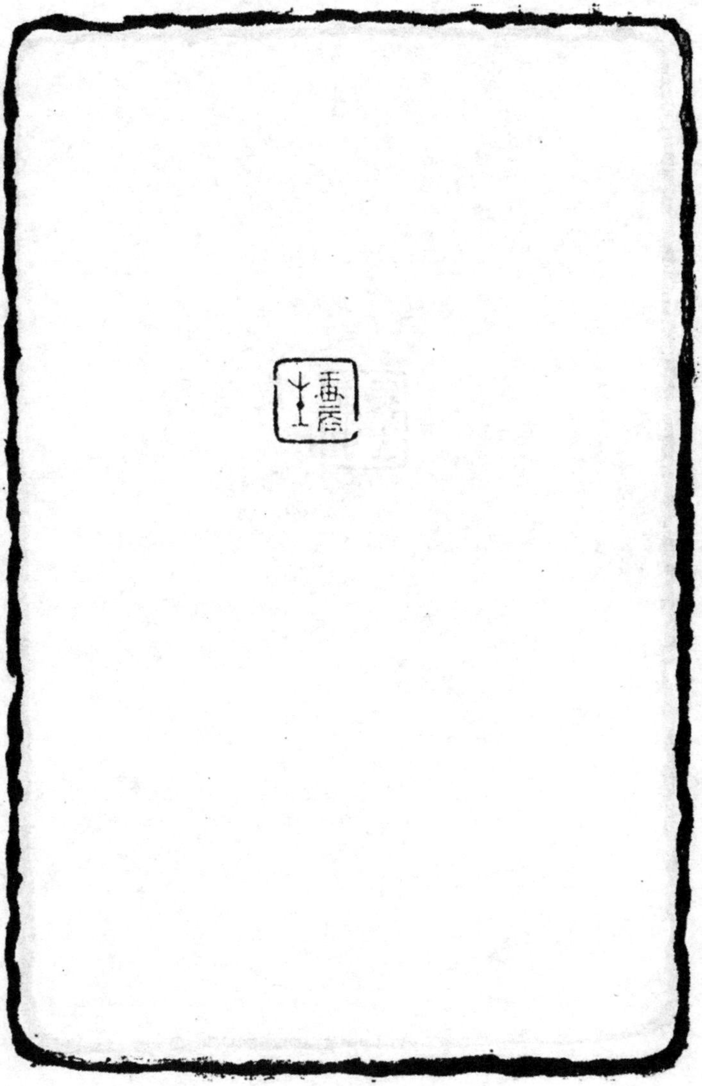

庚辰生

庚子再生

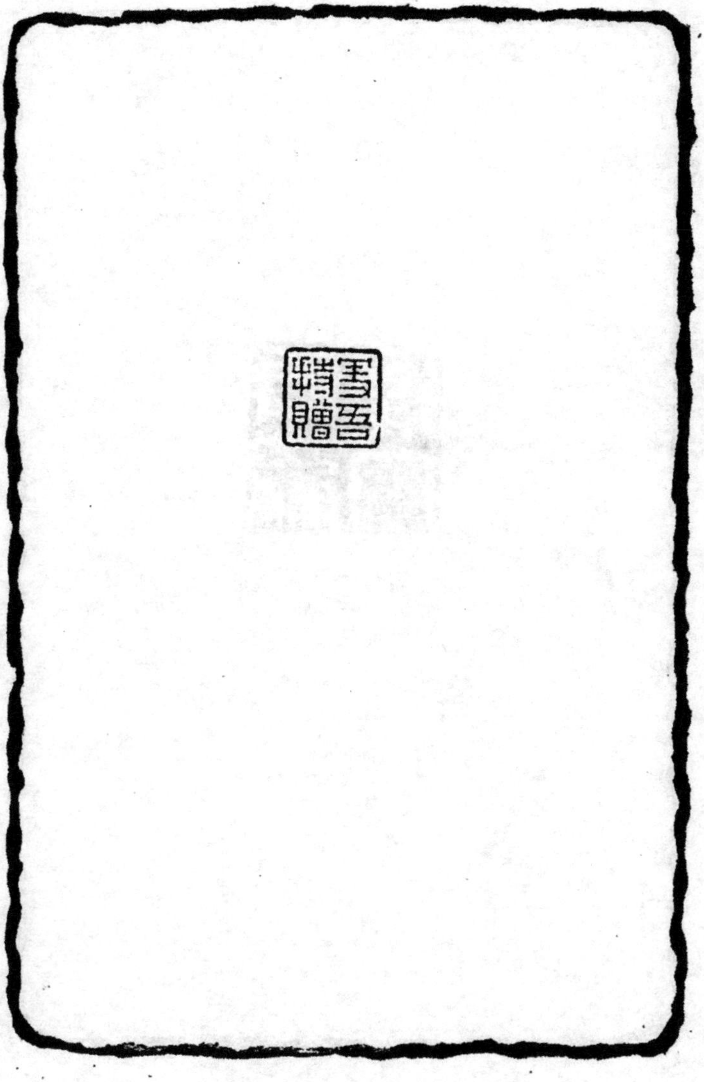

養吾持贈

青藤後人

徐宗浩印

養吾讀此印與第二三五頁重復

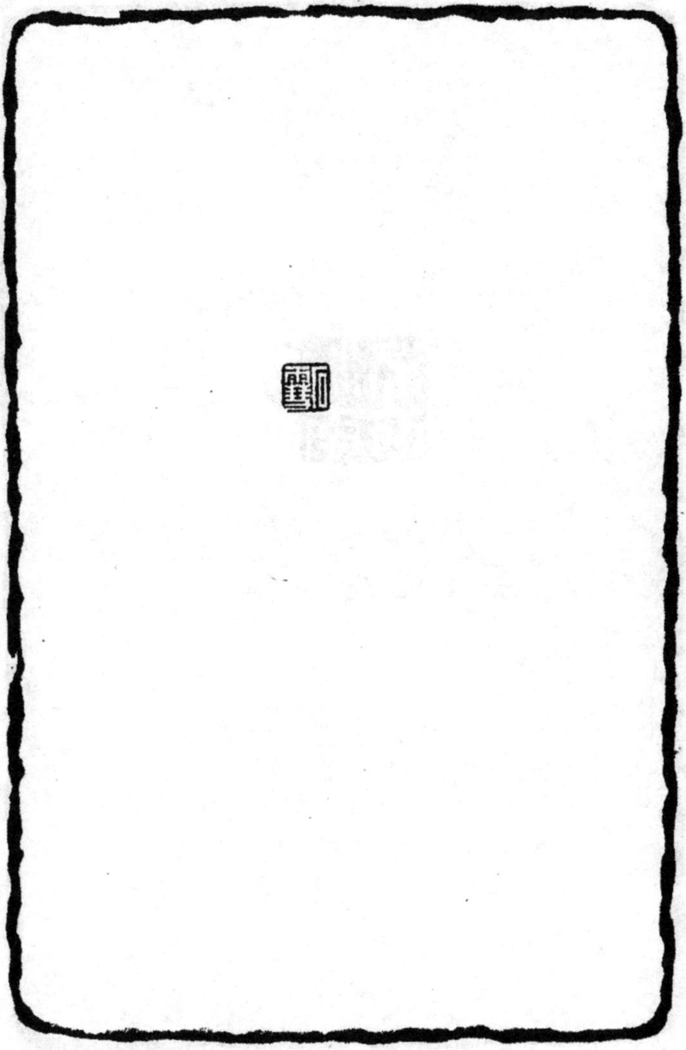

石雪

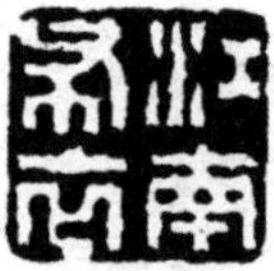

江南布衣此印與第二四八頁重復

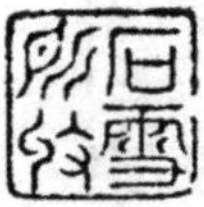

石雪所收

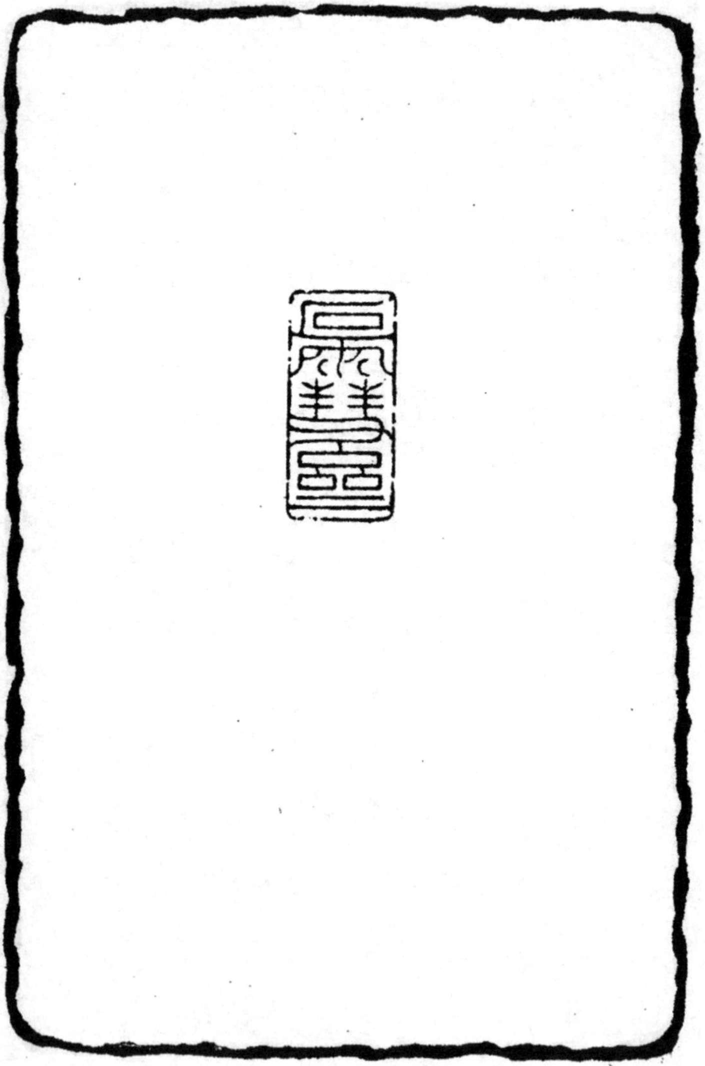

石雪齋

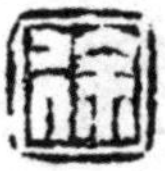

徐

徐

子孫永保

六藝之一

居無塵雜

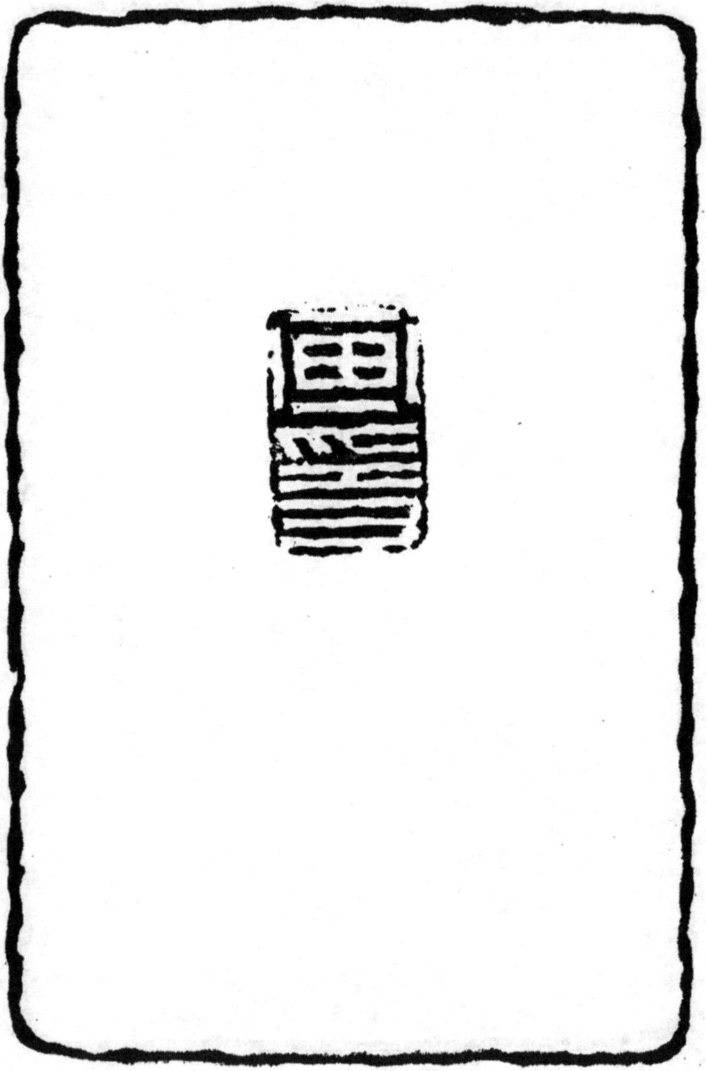

畫隱

自娱

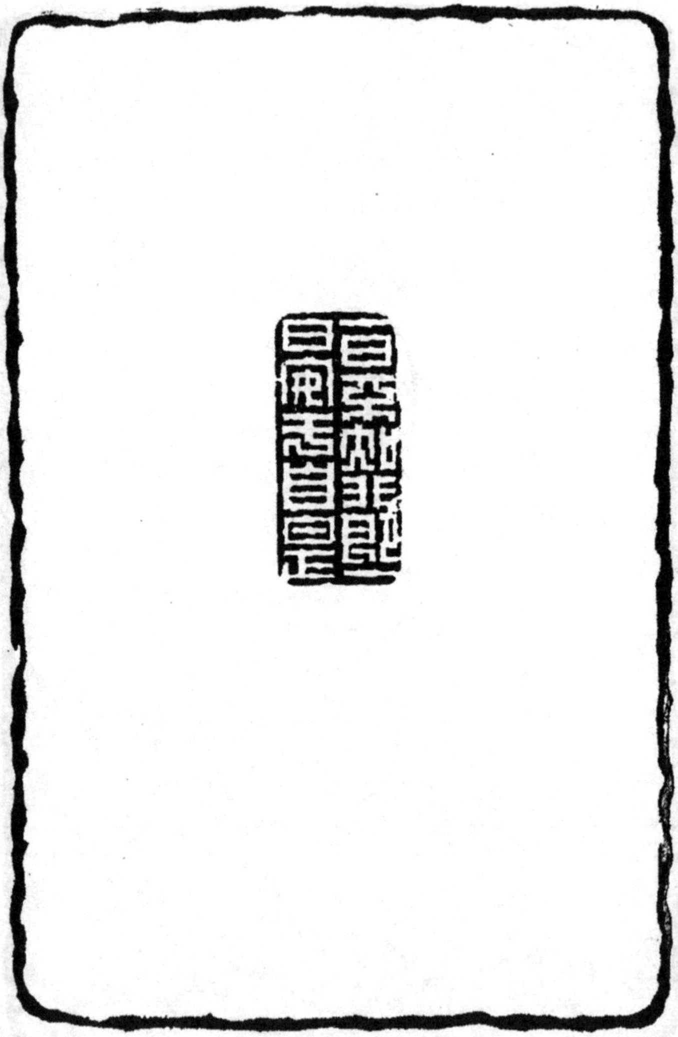

一日不知非即一日安于自是

一束是生心真

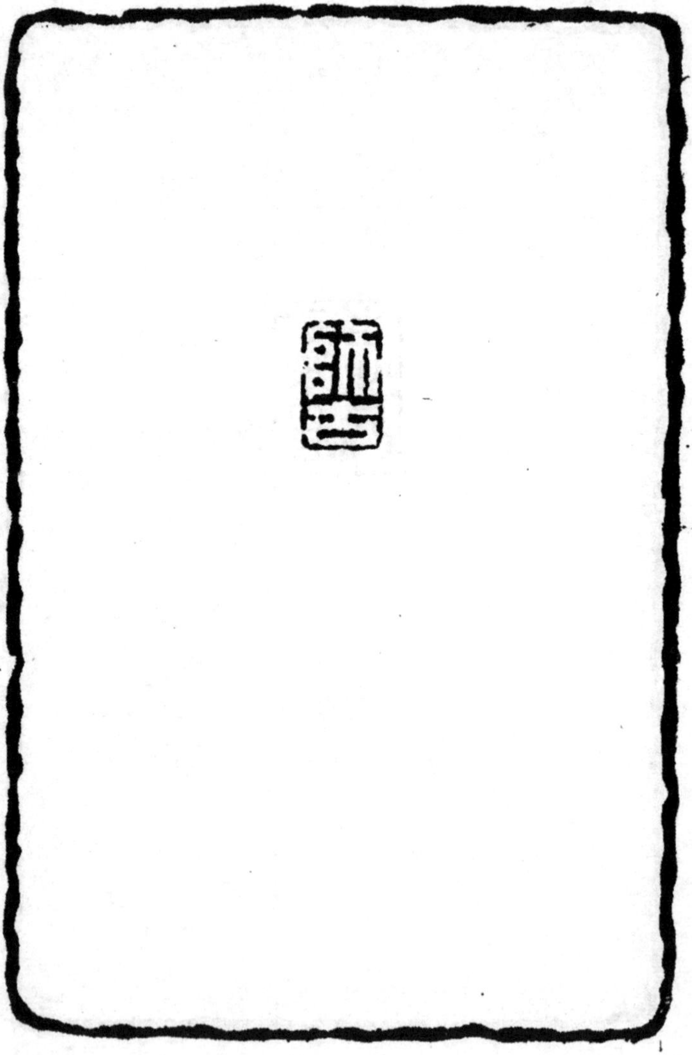

師古

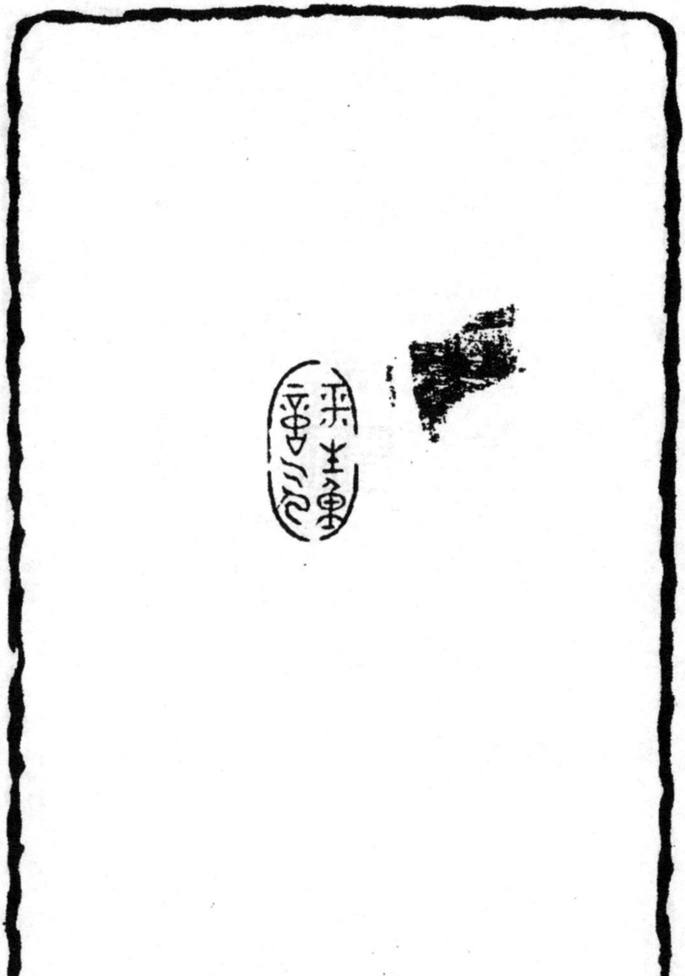

平生重意氣

無入而不自得

養吾浩然之氣

已知如意事 不遂苦吟人

悲憤無聊 一寓於此

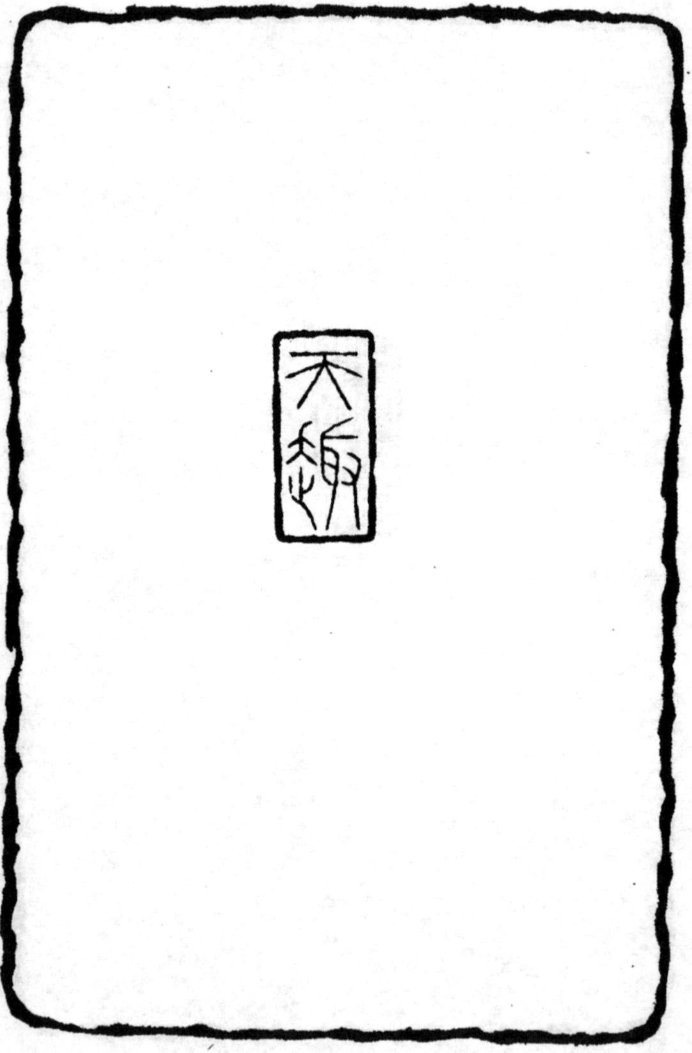

天趣

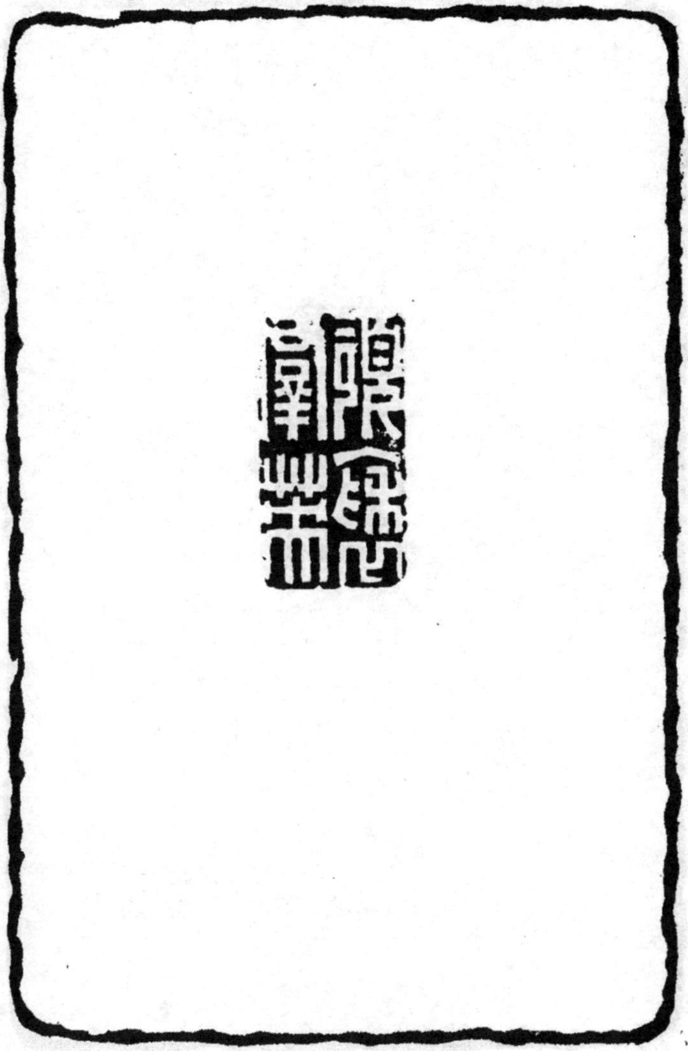

領袖群英

借問如何太瘦生 總爲從前作詩苦

藏之名山

以骨誓青山　不隱非英雄

遂園幽隱此印與第二二八頁重復

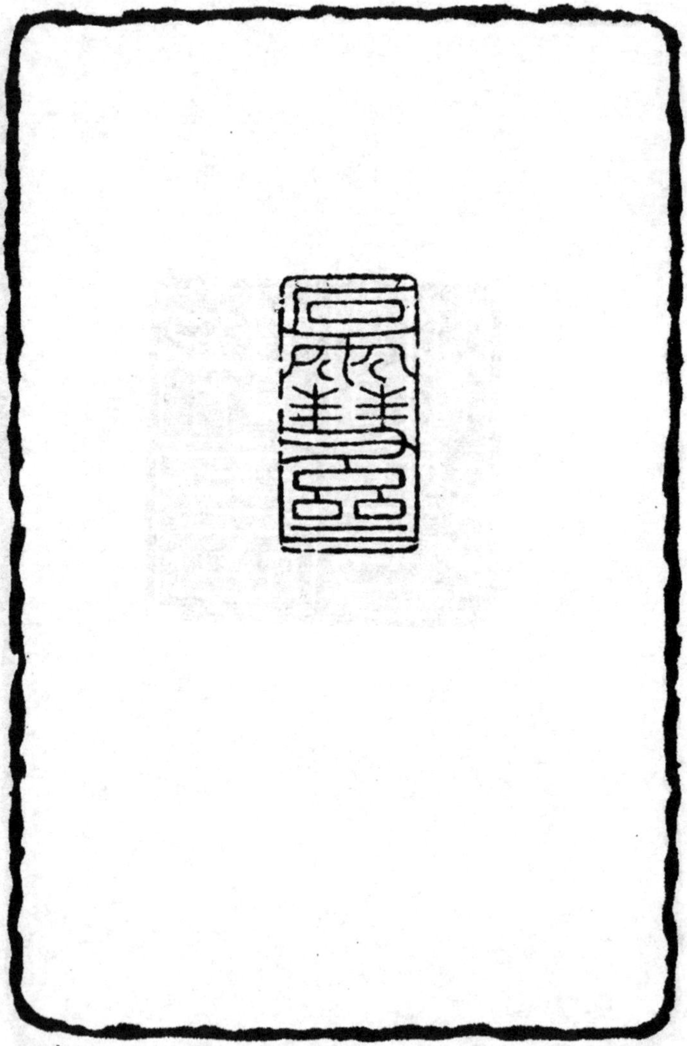

石雪齋此印與第二八〇頁重復

吉安室

竹隱盦

菜根香館

真盦

抱膝吟廬所藏書畫記

徐氏養吾平生真賞

徐氏吉安室珍藏書畫

石雪齋珍藏書畫記

清遺民

羲皇上人

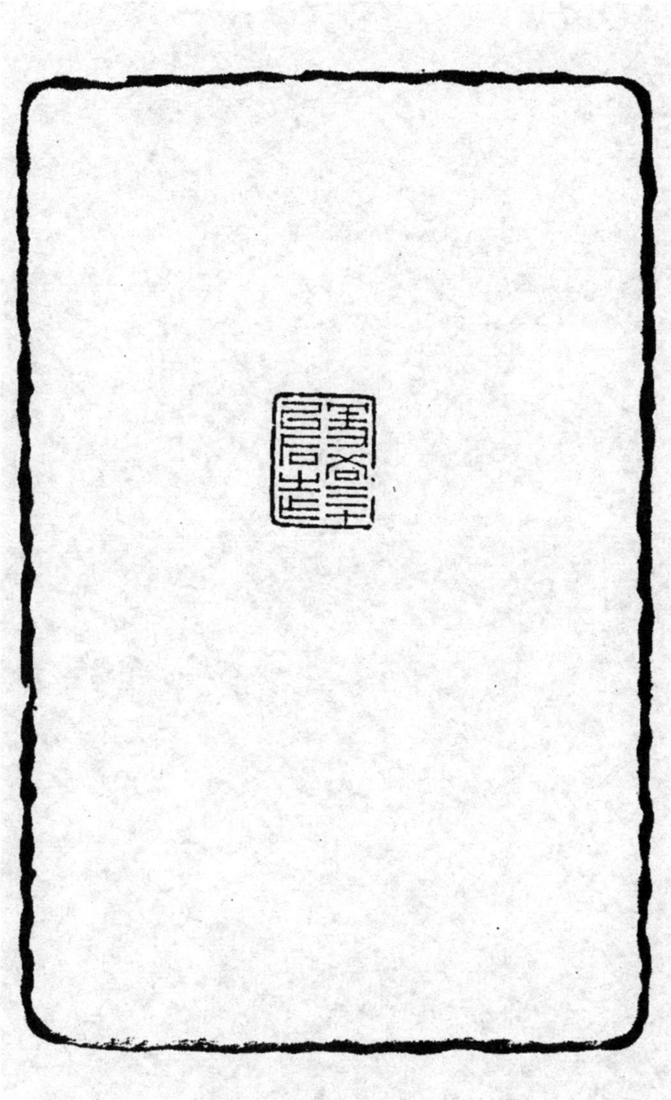

養吾三十以後之作

後記

抄畢《石雪齋詩稿》，余有《鈔胥之言》，言整理過程。付梓之際，振良先生囑再作一文。之於徐宗浩，《鈔胥之言》已略有記述。原本無話再言，爲不負振良先生雅意，勉爲其難，亂彈數語，補綴前述。

一九二一年，津門城南詩社成立，徐宗浩廁身其中。與嚴範孫、王守恂、趙元禮諸老，李琴湘、趙芾、陳誦洛、管洛聲、張同書、馮問田同儕，多有唱和。

嚴範孫、趙幼梅、王仁安諸老於徐氏亟激賞之。嚴範孫稱「其才志與境地，近人殆罕與儷者」。王仁安讀《石雪齋詩稿》如「恍然遊於太虛，松風水月，不復知在塵世間也」。

徐氏祖上官宦北京通州，其弱冠之年，正值庚子國變。通州一役，致使通州名勝及其故居慘遭摧毀，《石雪齋詩稿》多有記述，詩作沉鬱，讀之令人長歎，張同書稱其爲「工部之詩尚能識」。徐氏橐筆津門，卜居城南趙家樓，其詩風爲之一變，趙芾稱之爲：「君獨蕭然物外，淡而無悶。其詩既不屑摹擬古人，敵華振秀，靜深沖淡，秀而不纖，肆而不莽，故雖單詞短語，亦風藴清遠，往往可誦。」誠哉斯言，從徐氏吟景寄懷、借古寓今之作，可知趙芾之言不虛也。徐氏客居津門十數年，正值其思想藝事成熟之際，嚴範孫、王仁安諸老之提攜，詩社同儕之相切相磋，詩作之境，日進其功。其作有「詩成能貴洛陽紙」之譽。

徐氏精繪事，社中雅集，其唱和之餘，偶有畫作，分呈同仁。得者多有詩作，題記其上。徐氏繪《城南詩社圖》，並有詩作。社人同仁見之，多有唱和，都爲一卷，誠爲津門留一風流韻事也。徐氏精鑒賞，富收藏，故其品鑒古人畫作，以詩言之優劣，皆能一夭中的，璨然有證。

《石雪齋詩稿》梓行後，徐氏移居大連。然其與城南詩社同仁，依舊弦歌不斷。若畫有佳作，必寄與同儕分享，固惹得張同書有「誰知眷眷故人心，圖中亦復不我棄。臥遊從此有良朋，焉用郵筒日相寄」之歎。

本次整理重刊詩稿，又將香港松蔭軒林章松先生所藏《遂園印譜》影印附後，以見徐氏金石之風骨。原書凡四册，有數枚印蛻重收，今一仍其舊，僅略為注出而已。

甲午暮秋　張金聲又記

《問津文庫》已出書目（總計六十三種另三種）

◎天津記憶

沽帆遠影　劉景周著　五九圓
荏苒芳華：洋樓背後的故事　王振良著　四九圓
津門書肆記　雷夢辰原著／曹式哲整理　四九圓
故紙温暖：老天津的廣告　由國慶著　二八圓
沽上文譚　章用秀著　三八圓
百年留踪：解放橋的前世今生　方博著　三九圓
南市滄桑　林學奇著　七九圓
津沽漫記：日本人筆下的天津　萬魯建編譯　三九圓
憶弢盦：來新夏先生紀念文集　焦静宜編　九二圓
與山河同在：天津抗日殺奸團回憶録　閻伯群編　三八圓
楮墨留芳：天津文化名人檔案　周利成著　三〇圓

布衣大師：允文允武的藝術名家閻道生　閻伯群著　三〇圓
口述津沽：民間語境下的堤頭與鈴鐺閣　張建著　二八圓
大地史書：地質史上的天津　侯福志著　二九圓
丹青碎影：嚴智開與天津市立美術館　齊珏編著　二八圓
立憲領袖：孫洪伊其人其事　葛培林著　三〇圓
津門開歲：徐天瑞日記解讀　王勇則著　五八圓
水産教育家張元第　張紹祖編著　三六圓
八年夢魘：抗戰時期天津人的生活　郭文杰著　二八圓
沽文化詮真　尹樹鵬著　四八圓
圈外談藝録　姜維群著　三八圓
記憶的碎片：津沽文化研究的雜述與瑣思　王振良著　三八圓
水産教育家張元第集　張紹祖編　五八圓
應得的榮譽：女醫生里昂羅拉・霍華德・金的故事
［加］瑪格麗特著／胡妍譯　三八圓

◎**通俗文學研究集刊**

望雲談屑　張元卿著　三九圓

還珠樓主前傳　倪斯霆著　三八圓

品報學叢·第一輯　張元卿、顧臻編　三八圓

云雲編：劉雲若研究論叢　張元卿編　三八圓

品報學叢·第二輯　張元卿、顧臻編　三二圓

劉雲若評傳　張元卿著　三二圓

鄭證因小說經眼錄　胡立生著　七八圓

品報學叢·第三輯　張元卿、顧臻編　四八圓

劉雲若傳論　管淑珍著　四八圓

◎**三津譚往**

三津譚往·二〇一三　王振良主編　三九圓

三津譚往·二〇一四　萬魯建編　三九圓

三津譚往·二〇一五　孫愛霞編　四八圓

◎**九河尋真**

九河尋真·二〇一三　王振良主編　五九圓

九河尋真·二〇一四　萬魯建編　五九圓

九河尋真·二〇一五　萬魯建編　八八圓

◎**津沽文化研究集刊**

《雷雨》八十年　耿發起等編　五五圓

陳誦洛年譜　張元卿著　四八圓

碧血英魂：天津市忠烈祠抗日烈士研究　王勇則著　九八圓

都市鏡像：近代日本文學的天津書寫　李煒著　三八圓

天津楹聯述略　李志剛著　三六圓

口述津沽：民間語境下的西沽　張建著　五六圓

口述津沽：民間語境下的西于莊　張建著　一〇八圓

紫芥掇實：水西莊查氏家族文化研究　葉修成著　五八圓

蘆砂雅韻：長蘆鹽業與天津文化　高鵬著　五八圓

◎**津沽名家詩文叢刊**

王南村集　王煐原著／宋健整理　六八圓
嚴範孫先生古近體詩存稿　嚴修原著／楊傳慶整理　四八圓
星橋詩存　蘇之鑾原著／曲振明整理　五八圓
退思齋詩文存　陳寶泉原著／鄭偉整理　八八圓
待起樓詩稿　劉雲若原著／張元卿輯注　四二圓
劉大同詩集　劉建封原著／劉自力、曲振明整理　八八圓
碧琅玕舘詩鈔　楊光儀原著／趙鍵整理　五八圓
石雪齋詩稿（附遂園印稿）　徐宗浩原著／張金聲整理　六八圓

◎**津沽筆記史料叢刊**

嚴修日記（一八七六—一八九四）　嚴修原著／陳鑫整理　一三八圓
桑梓紀聞　馬鴻翱原著／侯福志整理　四二圓

天津縣鄉土志輯略　郭登浩編　九八圓

嚴修日記（一八九四—一八九八）　嚴修原著/陳鑫整理　一二八圓

周武壯公遺書　周盛傳原著/劉景周整理　一二八圓

天后宮行會圖校注　高惠军、陈克整理　一二八圓

◎名人與天津

李叔同與天津　金梅編　六八圓

◎隨藝生活

方寸蕓香：藏書票裏的書故事　李雲飛編　九八圓

問津書韻：第十三屆全國讀書年會文集　杜魚編　七八圓

開卷二〇〇期　董寧文、董國和、周建新編　一六八圓